金色の魔術師

横溝正史

角川文庫
23328

目次

ゆうれい屋敷の怪

町の奇術師

世のなかには、いつの時代でもおそろしい事件や、あやしいできごとがあとをたたないものである。だから「大迷宮」の事件の記憶が、まだきえもやらぬうちに、またしても矢つぎばやに、「金色の魔術師」の、あの、なんともいえぬへんてこな事件がおこったとしても、べつに不思議ではないかもしれない。

なにしろ、東京のように、何百万人という人間が、ひしめきあっている大都会には、どういう人間がひそんでいるか、しれたものではない。それらの人々の中には、どうかすると、突拍子もないことを考え、突拍子もないことをしでかす人間があるものだが、これからお話ししようとする金色の魔術師というのがそれだった。

それはさておき、「大迷宮」の事件がおわって、それが新聞に発表されると、一躍有名になったのは立花滋である。まだ少年の身でよくもやったと、だれひとりとして、ほめないものはいなかったが、とりわけ、学校における滋の人気は大変だった。

少年はだれしも怪奇だの冒険だのに、心をひかれるものだ。少年たちは探偵小説や冒険物語を読みながら、もし自分がこの物語の主人公だったらと、ひそかに胸をおどらせるのである。

ところが滋は実際に、小説よりもおそろしい事件にまきこまれ、しかも、かずかずのてがらをたてたのだから、一躍英雄のように、もてはやされたのも、無理はなかった。学校へいくと滋のまわりには、いつも冒険ずきな少年が集まって、滋に「大迷宮」の話をさせては、あきもせずにききほれるのである。

そんなとき滋は、自分のことはなるべくひかえめにして、名探偵金田一耕助や、いとこの謙三青年のてがらを、大いに吹聴することにしているのだが、それでも友人たちはみんな、滋の勇気と機転を、ほめはやさずにはおかないのだった。

こうして、滋のまわりには、いつのまにやら冒険ずきな少年のグループができたが、その中でも、いちばん熱心だったのは、村上達哉と小杉公平の二少年であった。

この二人は冒険だの探偵だのがことにすきで、いつか自分たちもそういう事件にぶつかって、悪人とたたかってみたいと思っていたものだから、滋の話をきいて、いちばん胸をおどらせたのもこの二人である。

だから、ほかの少年たちがだんだんおなじ話にあきて、まえほど滋の話に興味をもたなくなってからでも、二少年だけは滋のそばをはなれず、ひまさえあれば冒険だの、探偵だのについてかたりあったあげく、はては、こんど事件がおこったら、三人力をあわせて悪人とたたかおうではないかと、かたくちかいあったりしたのだった。

ああ、世のなかのことはなにがほんとうになるかしれたものではない。そのときの三人のちかいが事実となって、それからまもなく、世にもおそろしい事件にまきこまれようとは、いったいだれが知っていただろうか。

さて、事件のはじまりというのはこうなのだ。ある日、滋が学校へいくと、校門の前に、いっぱいの人がたかっていた。

滋の学校は、新宿のさかり場から、あまり遠くないところにあり、ふだんから、かなりにぎやかなのだが、こんなに人だかりがしているのはめずらしいので、なにごとがおこったのかとのぞいてみると、そこに立って、なにやらしゃべっているのは、なんともいえぬほど、へんてこな人物だった。

としは五十か、六十か、いや、もっといってるのかもしれない。長くのばした髪の毛を、頭のまん中で二つにわけて肩までたらし、あごには、やりのように先のとがった、さかさ三角のひげをはやしている。そして、鼻の下には、八字ひげをぴんと左右にはねあげているのだが、髪もひげもまっ白だった。

顔は細く長く、高い鼻がわしのくちばしのようにまがっているうえに、鼻めがねをかけているので、けわしい目つきが、いっそうつりあがって、まるで、きつねつきみたいに、きみのわるい顔つきなのである。

しかも、そのみなりというのがまたかわっていて、金ぴかのフロックを着て、左手に、金ぴかのシルクハットをさかさに持っている。そして、そのシルクハットに、星がたに切りぬいた赤いきれが一つ、ぬいつけてあるのが目についた。

「なあんだ、奇術師か」

滋がそう思ったのも無理はない。その老人の足もとには、五色の旗だのトランプだのが、いっぱいちらかっているのだ。

それにしても奇術師が、こんな往来でなにをしているのだろうと、不思議に思って見ていると、老人はギロギロあたりを見まわして、

「あっはっは、どうだ、おどろいたか、わしの手なみに……。わしはな、こう見えても世界一の魔術師だよ。いや、魔法使いじゃ。どうだ、みんなおそれいったか」

老人が得意そうにいうと、まわりをとりまいていた少年たちが、いちどにどっとわらった。

「なんだい、それしきのこと。奇術師ならだれだってそれくらいのことはできるよ」

一人の中学生が、からかうようにそういうと、べつの一人が、そのあとについて、

「そうだ、そうだ。旗だのトランプだのをいくら出したっておどろくものか。おじさん、おまえがほんとの奇術師なら、いきものを出してごらん。はとでもうさぎでも出してみな」

「よしよし、お安いご用じゃ。それじゃ、ひとつ、はとを出してみせるかな」

奇妙な老人はそういうと、へんな手つきで、シルクハットの中をさぐっていたが、や

がてぼうしの中でバタバタと、かるい羽の音がしたかと思うと、ぱっと一羽のはとをつかみ出したのである。

「そうら、おこのみによって、はとを出したぞ。これ、はとよ、いつものところへ飛んでいけよ」

老人が空にむかってはなすと、はとはバタバタと一同の頭上をまっていたが、やがて矢のように西へむかって飛んでいってしまった。

一同はちょっと気をのまれたように、はとのゆくえを見つめている。滋はなんとなく、あやしい胸さわぎをかんじないではいられなかった。

シルクハットからはとを出すようなことは、奇術師ならば、べつに不思議でもなんでもない。しかし、この老人は、街頭で、そんなことをしてみせて、いったいどうしようというのだろう。

滋はあたりを見まわすと、さいわい親友の村上達哉のすがたが見えたので、そばへよってたずねた。

「いったい、なんなの？　あのおじいさん」

「なんだかぼくにもわからないんだ。さっきからああして、いろんな奇術をして見せるんだ。ひょっとすると気ちがいじゃないかな」

すると、その声がきこえたのか、きつねつきみたいな老人は、ギロリとこちらをふりむくと、

「なんじゃ、わしが気ちがいじゃと。よしよし、なんとでもいうがええ。いまにあっとびっくりするようなことがおこるからな。いまこそ、このように、へんてこななりをしているが、わしの正体を知ったら、おまえたちは、きもをつぶすにちがいない。わしは魔術師だ。金色の魔術師というのは、わしのことじゃ。いまに世間はわしの名をきいて、ふるえあがるようになるじゃろう。けっけっけっ」

老人は鳥がさけぶような、きみのわるい声でわらうと、じろじろ少年たちの顔を見ながら、

「わしがきょう、どうしてここへきたかいってやろうか。わしにはな、おまえたちのような年ごろの、少年少女が入り用なのじゃ。一人、二人、三人、四人、五人、六人、七人……」

と、老人は細長い指をおりながら、

「そうじゃ、七人入り用なのじゃ。わしはな、七人の少年少女をもろうていくつもりじゃ。しかも、そのうちの一人はもうちゃんときまっている。その子は、いまこの中にいるのじゃよ。けっけっけっ！」

きつねつきみたいに、きみのわるい老人は、またいやらしいわらい声をあげ、それから、あの赤い星のマークのついたシルクハットを胸にあてて、うやうやしく最敬礼をすると、金色のつむじ風をまいてさっさとどこかへいってしまった。

悪魔の礼拝堂(れいはいどう)

その日、学校では、しばらく、老人のうわさで、もちきりだった。多くの少年は、老人を気ちがいだといったが、なかにちょっと、ちがった説をとく少年もあった。

それによると老人は映画の宣伝マンで、「金色の魔術師」というのは映画の題名であり、七人の少年少女が誘拐(ゆうかい)されるというのが、その映画のすじであろうというのである。それにはみんな感心し、なるほどと思った。

そして、それきり老人のことはわすれてしまったのだが、あとから思えば、それはみんなまちがっていたのである。老人は気ちがいでもなければ、宣伝マンでもなかった。老人のいったことはほんとうで、しかも最後に警告したとおり、それからまもなく少年たちの一人が、あのきみのわるい老人の、最初のいけにえにされたとき、少年たちがどんなにおどろき、おそれたことだろうか。

それはさておき、お昼になると、滋や村上・小杉の三少年は、いつものように校庭のすみで、冒険談や探偵物語に、とりとめもない空想のつばさをのばしていたが、そこへやってきたのは山本という少年である。

山本少年は、滋たちと、あまりしたしくなかったのだが、きょうはなんとなく意味ありげにそばへよってくると、

「やあ、あいかわらずやってるな。きみたち、いまでも冒険だの探偵だのといってるのかい」

ときいた。すると、三人の中でいちばんのんきで、ひょうきんものの小杉公平が、

「そうさ、ぼくたち、いまに少年探偵団を組織して、大活躍するつもりさ」

といばって答えた。すると山本少年はひやかすと思いのほか、まじめな顔をして、

「うん、それならちょうどいい。じつはきみたちに相談したいことがあるんだ」

と、三人のそばに腰をおろした。

「相談ってなんだい」

村上少年が警戒するようにたずねると、

「じつはぼくのうちの近所に、ゆうれい屋敷といって、だれひとり近よるものがないうちがあるんだ。ぼくは、それが気になって……」

「ゆうれい屋敷……？」

滋は思わず顔を見なおしたが、山本という少年があまりまじめなので、すこしひざをのり出した。

「山本くん、くわしい話をしてくれたまえ。どうしてその家がゆうれい屋敷とよばれるようになったの。そして、なにがきみの気にかかるの」

滋のその質問に答えて、山本少年がかたるところによると、こうだった。

山本少年の家は、中央線の吉祥寺のおくにあるが、そのへんはまだ郊外地で、あちこ

ちに雑木林があったり畑があったり、まことにさびしいところである。ところがその近所に、古ぼけた煉瓦づくりの洋館があった。もとは赤星といって、有名な理学博士のものだったのだが、いまから十二、三年まえ、赤星博士は気が変になった。

気が変になったといっても、ほんとに気がちがったのではなく、宗教にこりだしたのだ。それも普通の宗教ではなく、儀式や礼拝をみると、キリスト教ににているが、実際は、正反対の、おそろしい宗教だったということである。

キリスト教は神を信仰し、善をちかうのだが、赤星博士の崇拝するのは悪魔（サタン）で、サタンの前に悪をちかうのだった。

そして、その洋館もサタンの礼拝堂としてたてたもので、そこでは、もろもろの魔法がおこなわれているという評判がたった。

うそかほんとかわからない。しかし、世間の評判はわるくなるいっぽうだし、警察のとりしまりはきびしくなるし、そのうえに、赤星博士が、とうとう、ほんとに気がちがって、どこかへおしこめられたので、サタンの礼拝堂もあきやになってしまった。

「それが十年ほどまえのことなんだが、なにしろそんな家だから、きみわるがって住む人もなく、あれほうだいにあれて、いまでは、そりゃものすごくなっているんだ。ゆうれい屋敷というあだ名があるのも無理はないだろう」

三人は、こっくりうなずいた。話をきいてさえ、せすじが寒くなるような気持である。

「それで、その家になにかあったの？」

滋がたずねると、山本少年はうなずいて、

「うん、その家には、まえからいろいろ、いやなうわさがあるんだよ。夜中にだれか歩きまわる音がするとか、きみのわるいわらい声がきこえるとか……。だから夜になると、おとなでも、そばをとおらないことにしているんだ」

山本少年は三人の顔を見まわしながら、

「しかし、ぼくがいまこんな話をするのは、なにも世間のうわさをまにうけてるからじゃないんだ。じつはゆうべ、変なことがあったんだよ。ぼく、ゆうべそのゆうれい屋敷へちょっとはいってみたんだよ」

滋や村上・小杉の三少年が、目をまるくしているにもいっさいかまわず、山本少年のかたるところによると、こうだった。

山本少年はゆうべ親類のお通夜にいった帰りに、夜おそくゆうれい屋敷の前をとおりかかった。それはもう十二時近くのことで、空には月も星もなく、あたりはまっ暗だった。山本少年は懐中電燈の光をたよりに、ゆうれい屋敷の前へさしかかったが、するとだしぬけに、たまぎるような悲鳴がきこえたかと思うと、一人の男が、ころげるように、ゆうれい屋敷の中からとび出し、山本少年にしがみついた。みると浮浪者のような男で、たぶんなにも知らずにゆうれい屋敷にもぐりこんだのだろう。

「おじさん、おじさん、なにかあったの」

山本少年がたずねると、

「ば、ば、ばけものだ！　首が宙に浮いている！」

それだけいうと浮浪者は、こけつまろびつ、一目散ににげだした。山本少年はぎょっとして、しばらく立ちすくんでいたが、やがてむらむらと好奇心がわいてきた。

首が宙に浮いている？　よし、ひとつ見とどけてやろう。……そこで門の中へはいっていくと、さいわい、玄関があけっぱなしになっている。中はむろんまっ暗だったが、山本少年は勇気をふるってはいっていった。

中は、むっとかびくさいにおいがして、いちめんにくもの巣がはっていたが、しかし、格別かわったこともなく、普通の教会のように、だだっぴろいゆかの正面には、いちだん高い説教壇があった。山本少年は懐中電燈の光で、その説教壇のそばまでちかよったが、見ると壇の上の説教づくえの上に、一まいの紙がピンでとめてあった。

「それがつまり、これなんだがね」

と、山本少年が出してみせたのは、トランプほどの大きさの、白いつるつるしたカードだったが、その上に赤い星が一つ、それから№1と、書いてあった。滋はなんとなくはっとして、

「それから、きみ、どうしたの？」

「どうもしないさ。首なんかどこにも浮いていなかったので、そのまま出てきたのさ」

滋はその大胆さにおどろきながら、

「それで、きみはどうしようというんだい？」

「じつはね、立花くん、ゆうべこそなにもなかったけれど、ぼくもやっぱり、そのゆうれい屋敷をあやしいと思うんだ。このカードだって変だろう。だから、一度よく探検したいんだが、元来ぼくは、探偵なんてことへたなんだ。だからきみにいっしょにいってもらいたいんだよ」

「それで、いくとしたら、いつ」

「いつでもいい。今夜でもいいんだ」

「いや、きょうあすはだめだが、あさってならいい。村上くんや小杉くんはどうだい？」

一同はすぐに賛成した。こうしてあさっての晩、ゆうれい屋敷探検と話がきまったが、そのとき滋はなんだか気になるようすで、山本少年にこういったのである。

「山本くん、ここで約束してくれたまえ。あさっての晩まで、きみはけっして、一人でゆうれい屋敷へいかないってことを」

山本少年は不思議そうな顔をしながらも、そうすると約束したが、ああ、もし、かれがその約束をまもっていたら……。

宙に浮く首

その日、山本少年はベースボールをしていたので、帰りがおそくなって、吉祥寺で国電をおりたのは、もう六時すぎだった。

ごったがえすようなプラットホームをかきわけて改札口を出ると、山本少年は、おやというように目をみはった。すぐ前を、あの金ぴかの老奇術師が歩いていくではないか。

山本少年はけさのことを思いだして、くすくすわらいながら、老人のあとからついていくと、老人は駅を出て、しばらくあたりを見まわしていたが、やがて道をよこぎると、むこうの角にある電柱のそばへ近づいた。

そして、そっとあたりに気をくばったのち、さりげないようすで電柱をながめていたが、やがて安心したように、駅の前の道を歩いていくのだ。山本少年はなんとなくへんに思って、電柱のそばへよると、老人が見ていたところへ目をやったが、そのとたん、思わずどきっとしたのである。

電柱には二センチほどの大きさの、赤い星がたの紙がはりつけてあるではないか。

山本少年は、にわかに好奇心がたかまってくるのをかんじた。ゆうべゆうれい屋敷でひろったカードにも、赤い星がかいてあったではないか。それに山本少年はそのときはじめて、老人のシルクハットにも、赤い星のマークがついていることを思いだしたのである。

「よし、あいつのあとをつけてやろう」

そんなことと知るや知らずや、老人は駅前の道をつきあたると、またあたりを見まわしたのち、さりげなく電柱のそばへより、横目でそれを見ていたが、やがて、コクリコクリとうなずきながら歩いていく。

山本少年もすぐあとから、電柱をしらべてみたが、そこにも赤い星が一つ。……山本少年の心はしだいにあやしくみだれてきた。

なにかある。なにか秘密があるにちがいない。そう考えると山本少年は、老人のいくさきをつきとめずにはいられなくなってきた。

老人はあいかわらず、張り子のとらみたいに首をふりながら歩いていく。そして、まがり角へくるたびに、そっと電柱をしらべるのだ。電柱にはどれにも、赤い星がはってあった。

やがて老人はさびしい郊外の道へさしかかった。そのへんまでくると、家もしだいにまばらになり、そのかわり畑や雑木林が多くなってくる。道ゆく人もまれになり、まもなく、ばったり人影はなくなってしまった。

山本少年はいよいよあやしく胸のおどるのをおぼえた。それというのが、そのまま老人が歩いていくと、いやでもゆうれい屋敷の前へ出なければならないからである。

ゆうれい屋敷が近くなるにつれて、老人の態度がにわかに用心ぶかくなり、ときどき立ちどまってはあたりを見まわしている。山本少年がそのたびに、雑木林や草むらにかくれたが、さいわい日がくれかけているうえに、武蔵野特有の靄が、しだいにこくなってくるので、老人はすこしも気がつかぬようすだった。

やがてゆうれい屋敷の煉瓦塀が、道の右がわに見えてきた。その道の左がわには、ふかい雑木林が長くつづいているので、山本少年はこれさいわいと、林の中へとびこむと、はうようにして進んでいった。

やがて老人はゆうれい屋敷の門の前までくると、すばやくあたりを見まわしたのち、飛鳥(ひちょう)のように身をひるがえして中へとびこんだ。そして、山本少年が大いそぎで、門の前までかけよったときには、ちょうど老人が玄関から中へとびこむところだった。

山本少年は胸をどきどきさせながら、さて、これからどうしようかと考えた。

ああ、もしこれが滋ならば、そのとき、もっとよく考えたはずである。こんなにやすやすと尾行ができたということを、かえってあやしんだことだろう。そして、なにかそこにわるだくみがあるのではないかとうたがったにちがいない。

しかし、正直で単純な山本少年は、ゆめにもそんなことは考えなかった。むしろ、この発見に有頂天になり、なにがなんでもゆうれい屋敷の秘密をさぐってやろうと、ものすごくはりきってしまったのである。

だから山本少年は、けっして一人でゆうれい屋敷へはいってはならぬという、滋の忠告もついわすれて、とうとう門の中へふみこんでしまったのだ。そして、玄関に立って、じっと耳をすましたが、家の中はしいんとして、人のけはいもない。

山本少年は思いきってドアをおしたが、なんなく中へひらいた。のぞいてみると、教会のように広い土間は、うす暗く、がらんとして、どこにも人影がない。

山本少年はきょろきょろしながら、中へはいっていくと、礼拝堂のすみからすみまでさがしたが、どこにも老人のすがたは見えなかった。むろん礼拝堂には窓もあり、窓の戸はこわれてあけっぱなしになっているのだが、まさか、いまはいってきたものが、すぐ窓からぬけだすとは思えない。

どこかにいるのだ。しかし、どこに……？

山本少年はなにげなく、説教壇へあがってみたが、そのとたん、思わずどきっとして目をみはった。なんと、説教壇のゆかのすきまから、見おぼえのある金ぴかのきれが三センチほど、はみだしているではないか。

ああ、秘密の落とし戸があったのである。山本少年はこの発見に、いよいよ有頂天になり、苦心のすえ、その落とし戸を持ちあげると、はたして一メートル四方ほどのゆかがもちあがり、その下に急な階段がついているのが見えた。中はむろんまっ暗だが、それでも、階段の下のほうに、かすかに光がさしているのは、地下のどこかにあかりがついている証拠(しょうこ)である。

山本少年はもう前後の分別もなく、しのび足で階段をおりていった。

階段の下はせまいへやだが、正面にドアがあいており、ドアのむこうはうなぎの寝床みたいに細長いへや。そして、そのへやの正面には、あやしげな像をかざった祭壇があり、祭壇の右がわにはカーテンのかかった入り口がある。その入り口の上のかべに、ほの暗い電気がついているのである。

山本少年はどきどきしたが、ここまできては、とてもそのままひきかえす気にはなれなかった。ねこのように足音もなく、細長いへやをつっきると、カーテンのそばへより、耳をすましたが、なんの物音もきこえない。

ただ、かびくさいにおいにまじって、なにやらあやしい芳香が鼻をついた。山本少年はカーテンのはしに手をかけると、そっとたぐりよせた。カーテンをたぐるにつれて、あやしい芳香が強くなってくる。山本少年はとうとう、すっかりカーテンをあけてしまったが、そのとたん、なんともいえぬ強いにおいに鼻をうたれて、くらくらとめまいがしたかと思うと、ふうっと気が遠くなってしまった。

いったい、どのくらい長いあいだ、気が遠くなっていたのか、山本少年にもよくわからない。ふと気がつくと、山本少年はやっぱり、同じところに立っているのだ。山本少年はびっくりしたように、きょろきょろあたりを見まわし、それからカーテンのおくをのぞいたが、そのとたん、髪の毛もさかだつほどのおそろしさをかんじた。カーテンのおくはまっ暗だった。そして、その中に、もうもうとけむりがうずをまいて、強い、あやしいにおいをはなっているのである。しかし、山本少年がおどろいたのはそれではなかった。山本少年のすぐ目の前、一メートルとはなれぬところに、首が一つ、まっさかさまに、宙に浮いているではないか。それは黒人の首だった。まっ黒な顔の中から、目ばかりギロギロ光らせて、歯をむき出し、あついくちびるをあざわらうように痙攣させながら、まっさかさまに、こちらをにらんでいるものすごさ、おそろしさ！

「お、おのれ、ばけもの！」

山本少年は勇をふるって、その首につかみかかろうとしたが、そのとたん、黒人の首はけむりのようにきえてしまって……。

山本少年は呆然として、立っていたが、そのときだった。なんともいえぬ、きみのわるいわらい声が、暗やみの中からきこえてきたのは……。

「けっけっけっ、とうとう一ぴきわなにおちたぞ。これが金色の魔術師のいけにえ第一号だ。けっけっけっ、けっけっけっ！」

山本少年はそれをきくと、あまりのおそろしさに、くたくたと骨をぬかれたように、その場にたおれてしまった。

それきり、山本少年はゆくえ不明になってしまったのである。

広告人形

そのつぎの日、立花滋が学校へいってみると、山本少年は欠席だった。しかし、まえにもいったように、村上、小杉の二少年とちがって、山本少年とは、それほどしたしくつきあっているわけでもなかったので、滋もべつに気にもとめなかった。

ところがそのつぎの日になっても、山本少年のすがたが見えないので、滋も、ちょっとへんだと思わずにはいられなかった。

「ねえ、村上くん。山本くんとゆうれい屋敷探検にいく約束したのは今夜だろ？」

「そうだよ。それなのに学校を休むなんて、あいつ、こわくなったのかな」

村上達哉はクラスでいちばんからだが大きく、いちばん力があるので、ターザンというあだ名がある。村上ターザン少年は、肩をそびやかしていった。

「そんなことはないと思う。山本くんは勇敢だよ。勇敢だから、かえってぼくは心配なんだ」

「立花くん、それ、どういう意味？」

小杉公平が目玉をくりくりさせながらたずねた。公平はクラスでいちばん人気のあるひょうきんもので、キンピラというあだ名がある。キンピラとは公平という字を、わざとおどけて、そう読んだのである。

「いや、べつに意味はないけれど……」

滋はことばをにごしていたが、なんとなく気になるようすだった。

ところが、その日は土曜日で、午前中だけだったが、最後の時間に、受け持ちの一柳先生が、教室へはいってくると、

「きみたちの中に、だれか山本くんと、とくにしたしくしている人はありませんか」

と、心配そうにたずねた。みんなだまって、不思議そうに顔を見あわせたが、山本少年にはこれという親友はいない。

「先生、山本くんがどうかしたのですか」

滋はなにかしら、はっと胸のさわぐのをおぼえながら、自分の席からたずねた。

「じつは、おとといから山本くんは、家へ帰らないんだそうだ。学校がひけてから、どこへいったかわからないというんだが、だれか、おととい学校がひけてから、山本くんがどこへいったか、知ってる人はありませんか」

それをきくと、みんなびっくりして顔を見あわせたが、しかし、だれも山本少年の、ゆくえを知っているものはいなかったのである。

その日、学校から帰りに、滋は心配そうな顔をして、達哉と公平にいった。

「ぼくはね、おととい学校からの帰りに、山本くんはゆうれい屋敷へはいっていったんじゃないかと思うんだよ」

「どうして？」

「だって、そのまえの晩、山本くんは、ゆうれい屋敷へはいっていって、赤い星のマークのついたカードをひろったといってたろう。そのカードには№1と書いてあったね」

「うんうん、それで……？」

「ところがおとといの朝、学校の前に変なやつがやってきたろ、ほら、金色の魔術師とかいうやつさ。あいつ、変なことといってたじゃないか。七人の少年少女をもらっていくって。そして、その一人はこの中にいるんだって……」

達哉と公平は、ぎょっと息をのみこんだ。

「うん、でも、あれ、冗談だろ。まさか、山本くんのことじゃないだろう」

「うん、ぼくもそのときは冗談だと思ってたんだ。だけど、そのあとで山本くんの話をきいて、なんだか気になってしかたがなかったんだ。だって、あいつのシルクハットにも、赤い星のマークがついてたんだもの」

二少年は、また、ぎょっと息をのみこんだ。

「だから、ぼく、なんだか心配だったので、山本くんに、けっして一人で、ゆうれい屋敷へいっちゃいけない、と、注意したんだが……」

達哉と公平は、きみわるそうに顔を見あわせて、

「だけど、いったいあいつは、なにものだろう。わざわざあんなこと、いいふらしてくるなんて」

滋は、しばらくだまって歩いていたが、やがて二人をふりかえると、

「山本くんはいってたね。ゆうれい屋敷のもとの持ち主は、赤星博士というんだって。そして、その人は気がちがって、いま、どこかへおしこめられているんだって」

「あっ、そ、それじゃ、あれ、赤星博士なの？」

「いや、それはぼくにもわからないよ。赤星博士って人に、会ったことはないんだもの。だけど、あいてが気ちがいだとすると、なにをするかわからないと思うんだ」

三人は、しばらくだまって歩いていた。そこは新宿の表通りで、三人のまわりを流れるように、人が歩いている。ところが、その中に一つ、妙なものがまじっていた。

それは大きな張り子のだるまである。つまり、だるま屋という店の広告人形で、張り子の中に人がはいって、ぶらぶらと、人ごみの中を歩いているのが仕事なのだ。

ところがさっき滋の口から、赤星博士という名まえが出たとき、広告人形の中から、あっとかすかなさけび声がきこえた。広告人形は立ちどまって、だるまのおなかにあいているあなから、じっと三人のほうを見ていたが、やがてぶらぶら、さりげないようすで、三人のすぐうしろにくっついてつけはじめた。

滋たちは、むろん、そんなことには気がつかない。しばらくすると公平が、

「立花くん、どうしたらいいの。学校へ帰って、先生にそういおうか」

と、ふるえ声でいった。

「いや、それはまだ早いよ。だって、ぼくの考え、まちがってるかもしれないもの」

「立花くん、じゃ、どうすればいいんだ。きみの考えをいってくれたまえ。ぼくたち、なんでもきみのいうとおりにするよ。きみはぼくたちのリーダーだ。なあ、おい、キンピラ」

「そうだ、そうだ、ターザンのいうとおりだ。滋ちゃん、どうすればいいの」

「ぼくはね、一度ゆうれい屋敷を探検してみたらと思うんだ。もしぼくの考えどおり、山本くんがそこへはいっていったとしたら、なにか、証拠がのこっているかもしれないからね。先生にお話しするの、それからだって、おそくはないと思うんだ。さいわい、きょうは土曜日だし、きみたちはどう？」

達哉は、すぐに賛成した。

「ぼくは、はじめからそのつもりだったんだもの。まして、山本くんが災難にあってる

とすると、ほってはおけないよ。おいキンピラ、おまえはどうだ」

「ぼくもターザンの説に賛成であります」

小杉キンピラ少年は、直立不動のしせいでそういうと、

「それじゃ、いよいよわれわれの少年探偵団も、仕事をはじめることになるんだね」

と、いかにもうれしそうだったが、ああ、そのとき、すぐうしろからついてくる、広告人形のおなかのあなから、へびのような目が、自分たちをにらんでいるのに気がついたら、三少年はどんなにおどろいたことだろう。

定期乗車券

やがて三人は新宿駅までくると、七時半から八時までのあいだに、吉祥寺の駅前で会うことにして、いったんわかれた。ゆうれい屋敷の探検は、夜でないとおもしろくないと思ったからである。

さて、その夜、滋が八時ちょっとまえに、吉祥寺の駅を出ると、むこうのかどの電柱のそばで、達哉と公平が待っていた。滋がそれを見つけて走っていくと、達哉があたりを見まわし、声をひそめて、

「立花くん、ちょっとこれを見たまえ。ほら、電柱の上さ」

公平に注意されて、なにげなく電柱を見た滋は、思わず息をはずませた。おととい、

山本少年が見つけた、あの赤い星が、まだそのままのこっているではないか。

「だれがこれを見つけたの?」

「ぼくだよ」

と、公平が、得意そうに鼻をうごめかして、

「ぼくがいちばんさきにきて、ここできみたちを待っていたのさ。ほら、ここだと駅から出る人がみんな見えるだろ。ところがきみたち、なかなかきやあしない。退屈まぎれに電柱の広告よんでるうちに、これに気がついたのさ」

「立花くん、これ、やっぱりゆうれい屋敷に関係があるんだろうか」

「さあ、それはぼくにもわからない。だけど、とにかくいこう」

三人は、肩をならべて歩きながら、

「村上くん、きみ、山本くんのうち知ってるんだね」

「うん、知ってる」

「ぼく、ゆうれい屋敷のこともきいといたよ」

公平がまた、得意の鼻をうごめかした。滋はぎょっとしたように、まゆをひそめて、

「そんなこと、むやみにきかないほうがいいよ。その人、あやしみやあしなかった?」

「だいじょうぶさ。ぼく酒屋の小僧さんにきいたんだ。小僧さん変な顔をしてたよ。だけどぼくが、その近所に山本といううちがあるんだけど、ゆうれい屋敷ときいてきたら、いちばんわかりやすい、と教えられてきたんだっていったら、小僧さん、安心したよ」

滋も、それをきいて感心した。

「小杉くん、きみ、なかなか機転がきくんだね」

「そりゃそうさ。ところが滋ちゃん、その小僧さん、もっといいこと教えてくれたよ。小僧さんも、山本くんのこと知ってるんだ。それでおみまいにいくんだっていったら、小僧さん、いよいよ安心して教えてくれたんだけど、おとといの夕方、山本くんが、この道を歩いているのを、その小僧さんは見たんだって」

滋はぎょっとして、

「それ、ほんと？」

「ほんとさ。だからいまターザンと話していたんだが、やっぱり滋ちゃんのいうとおり、ゆうれい屋敷があやしいって」

「ああ、ちょっと待ってくれたまえ」

滋は二人のそばをはなれると、そこにある電柱のそばへより、一目その上を見ると、顔色をかえて帰ってきた。

「立花くん、あの電柱にもやっぱり……」

「うん。ああ、小杉くん、よしたまえ。あやしまれるといけないから」

「立花くん、ひょっとすると山本くんも、あれを見つけてゆうれい屋敷へいったんじゃ……」

「ぼくもいま、それを考えていたんだ」

三人は、それきりだまって歩いていった。やがてしだいに家がまばらになってきたかと思うと、道はさびしい畑や雑木林のほとりにさしかかった。しかしさいわい月がよいので、それほど不自由ではない。

まもなくゆくてに、古びた煉瓦塀と、煉瓦塀の中にそびえている、とがったやねが見えてきた。なんとなく陰気で、きみのわるいかんじである。

「あれだよ、きっと、ゆうれい屋敷というのは……」

公平はふるえている。

「こわいのか、キンピラ」

「ばかいえ、武者ぶるいだい」

「しずかにしたまえ。だれもきやあしないね」

「うん、だいじょうぶだ」

三人が、煉瓦塀の下をしのび足で進んでいくと、やがて門のところへきた。門とは名ばかりで、とびらもなにもない。三人はしばらく顔を見あわせていたが、やがて達哉がまっさきに、中へしのびこんだ。滋と公平もついていく。

やがて玄関までくると、しばらく耳をすましたが、べつになんの物音もきこえない。滋が思いきってドアをおすと、なんなくうちがわへひらいた。

こわれた窓から、月の光がさしこんでいるので、礼拝堂の中はそれほど暗くはない。滋はすばやく中を見まわして、べつに危険はなさそうだと見てとると、そっと中へすべりこみ、あと二人がはいるのを待って、しずかにドアをしめた。

「きみたち、懐中電燈を持ってるね」

と、滋は、おしつぶしたような声で、

「それじゃ、窓のほうへむけないようにしてね。ゆかの上からしらべていこう」

公平はガタガタとふるえているが、達哉も、もうわらわなかった。達哉自身も、胸がドキドキしているのである。

まえにもいったように、そこはがらんとした土間で、正面に説教壇がある。

その説教壇のうらへまわってみると、六段ほどのせまい階段があり、それをあがると楽屋のようなひかえ室。しかし、そこにもべつにかわったことはなかったので、三人はそこから説教壇へ出たが、すると、達哉が不意にひくいさけび声をあげた。

「ど、どうしたの、村上くん」

「た、立花くん、ここに山本くんの定期が……」

達哉はそういいながら、説教壇の上に落ちている、定期券をひろおうとしたが、定期券のはしについているひもが、ゆかのすきまにはさまって、どうしてもとれないのだ。

滋が懐中電燈でしらべてみると、それは吉祥寺から新宿までの定期券で、山本少年の名まえが書いてある。

三人は、しばらく顔を見あわせていたが、やがて滋がささやくように、

「山本くんはこのひもの先に、いつもペンシルをぶらさげていたね。そのペンシルが、

こんなせまいすきまから、おちこむはずがない。ちょっとうしろへよりたまえ。ひょっとすると、これは落とし戸かもしれないよ」

二人がうしろへよると、滋は懐中電燈で、ゆかをしらべていたが、

「あっ、あった、あった」

ひくい声でさけぶと、ゆかに手をかけて持ちあげたのは、一メートル四方ほどの落とし戸で、落とし戸の下には階段がついていた。三人はぞっとしたように、顔を見あわせた。

「そ、それじゃ、山本くんはこの中に……」

達哉の声もふるえている。滋はだまって定期券のひもの先を指さした。ひもの先にはペンシルがついているが、それがぶらんとあなの中にぶらさがっているのである。

三人はしばらく息をのんで、顔を見あわせていたが、やがて滋が定期券をひろってポケットにいれると、まっさきにあなの中へはいっていった。それにつづいて達哉。公平はちょっとためらっていたが、一人のこるのもこわいとみえて、ガタガタふるえながら、達哉についていった。

階段をおりるとせまいへや。おととい山本少年がおりてきたときには、階段の正面にあるドアが、あけっぱなしになっていたが、今夜はぴったりしまっている。

しかし、ドアのすきまやかぎあなから、かすかな光がもれているのに気がつくと、三人はあわてて懐中電燈をけした。そして滋はかぎあなから、達哉と公平はドアのすきま

に目をあてて、そっと中をのぞいてみた。なにしろ、わずかなすきまからのぞくのと、あまり明るくないのとで、はじめのうちは、なにがなにやらわからなかったが、やがて目がなれてくるにしたがって、三人は、心臓が、がんがんおどるのをかんじた。

まえにもいったとおり、ドアのむこうは、うなぎの寝床みたいに細長いへやで、正面にはあやしげな像をかざった祭壇があり、祭壇の右には、カーテンのかかった入り口がある。

ところが、いま見ると祭壇の前には、西洋のふろのようなものがおいてあり、そのむこうにだれやら人がひざまずいて、祭壇にむかっておいのりをしている。うしろすがただから、どういう人かわからないが、西洋のおぼうさんのように、黒い、だぶだぶの、ころものようなものを着ているのだ。

三人が息をころして見ていると、やがておいのりがすんだのか、おぼうさんは立ちあがって、きょろきょろあたりを見まわしたが、一目その顔を見たとたん、三人は思わず、わっとさけびそうになった。

それもそのはず、すがたかたちはかわっているが、それこそ金色の魔術師と、みずから名のった、あの怪老人ではないか。

とける少年

やがて金色の魔術師は、祭壇の下から、大きなびんと、長いガラス棒を取りだした。そして左手にびんを持ち、右手にガラス棒を取ると、あめ色をした液体を、ふろの中にそそぎながら、ガラス棒でかきまわした。

すると、ふろの中からもうもうと、黄色いけむりがたちのぼり、強い酸のにおいがした。やがて、びんの中身をすっかりあけてしまうと、びんとガラス棒をその場におき、右がわのカーテンをあけて、中へはいっていったが、しばらくすると、だいてきたのは、パンツ一まいのはだかの少年である。

少年は死んでいるのか、ねむっているのか、怪老人にだかれたまま、ぐったりしていたが、その顔を見ると三少年は、また口の中でさけばずにはいられなかった。ああ、その少年こそ、三人のさがしている、山本少年ではないか。

怪老人は山本少年を両手にささげて、祭壇にむかっておいのりをしていたが、やがてそのからだを、黄色いけむりのたちのぼる、ふろの中へつけていくのだ。そして、すっかりふろの中につけてしまうと、また、祭壇にむかっておいのりをはじめた。

ああ、この怪老人は、悪魔の祭壇にむかって、山本少年をいけにえとして、ささげようとしているのではないだろうか。

滋をはじめ達哉も公平も、あまりのおそろしさに、声をたてることはおろか、身うごきをすることもできない。ただ、ガタガタとふるえながら、山本少年を見ているばかりである。

山本少年はふろのふちに頭をつけ、あおむけにねているのだが、ああ、なんということだろう。その頭がしだいにずるずる、ふろの中へひきこまれていくのだ。丁度(ちょうど)からだがとけていくように。

「わっ！」

あまりのおそろしさにたまりかねて、公平がとうとうさけび声をたてた。

「山本くんがとける！　山本くんがとけていく！」

気ちがいのようにさけぶ公平の声におどろいたのか、そのとたん、へやの中の電燈がきえて、くらがりの中から、

「だ、だれだ！」

と、おそろしい声がきこえると、ドアのほうへ走ってくる足音がきこえた。

それをきくと三人は、夢中になって階段をかけのぼり、一目散にゆうれい屋敷をとび出したが、門を出たとたん、先頭に立った公平がぶつかったのは、画家のような人物だった。

「なんだ、どうしたんだ。きみたちはこんなところでなにをしているんだ」

その声に、月の光ですかして見ると、その人は黒いベレー帽をかぶり、みどり色の仕事着を着て、胸に大きなネクタイをむすび、右手にマドロスパイプを持っていた。

「おじさん、おじさん、たいへんだよ。山本くんが……。山本くんが……」

「なに、山本くん……」

画家はびっくりしたように、

「山本くんというのは、このあいだから、ゆくえ不明になっている史郎くんのことかね」

「そうだよ、そうだよ、おじさん」

あいてが山本少年を知っているのに力をえて、

「その山本くんがとけちゃった。ゆうれい屋敷の中でとかされちゃった……」

「ばかなことをいっちゃいかん。人間がむやみにとけてたまるもんか」

「いや、ほんとうだよ。おじさん、山本くんはほんとうにとかされちゃったんです」

達哉もそばからことばをそえたが、そのときまた一人近づいてきた。それは、警官だったが、一同のようすを見るとあやしんで、そばへよってくると、

「ああ、杉浦さん、どうかしましたか」

「ええ、あの、この子たちがへんなことをいうんです。ゆうれい屋敷の中で山本少年がとけてしまったというんですよ。ほら、ゆくえ不明になってさわがれている山本少年……」

「おじさん、おじさん」

そのときそばから口を出したのは滋である。

「とけてしまったかどうかわかりませんが、山本くんがここにいることはほんとうです。この定期乗車券が落ちていたんです」

警官は懐中電燈で、定期券の名まえを読むと、顔色をかえて、

「よし、それじゃ、ともかく中へはいってみよう。きみたち、案内してくれたまえ」

「ああ、ちょっと、このことを山本さんとこへお知らせしたほうがよくはありませんか。きみたち、山本くんのうちを知ってるか」

「ええ、ぼく知ってます。おい、キンピラ、おまえもいっしょにこい」

達哉と公平はかけだしたが、まもなく、まっさおになった山本少年のおとうさんをつれてきた。

こうして一同が階段をおりていくと、ドアはまだしまっていたが、おとなが三人もいるのだから、そんなのをやぶるのはへいちゃらだった。

やがてドアがひらくと一同は、懐中電燈をてらしながら、用心ぶかく中へはいっていった。

やがてだれかがスイッチのありかを見つけたとみえ、ぱっと電燈がついたが、むろん、怪老人がそれまでまごまごしているはずはなかった。

もうかげもかたちも見えなかったが、祭壇の前の大きなふろや、びんやガラス棒はそのままのこっていた。

ふろの中には、なにやらえたいの知れぬ液体が、どろんとよどんでいたが、むろん、山本少年はかげもかたちも見あたらない。

「これで山本くんがとかされたというのかね」

画家の杉浦は半信半疑のおももちである。

「そうだよ、おじさん、山本くんはこのバスの中で、とけていったんだよ」

公平はなきじゃくりをしながら、さっきのできごとを説明したが、そのあいだにカーテンの中をのぞいていた滋が、

「あ、あそこに山本くんの服がある！」

と、中へとびこむと、かかえてきたのは、山本少年の服とかばんだったが、そのとき洋服のポケットから、ひらひらとまい落ちた、一まいの紙きれがあった。


ぼくは、金色のまじゅつしにとらわれました。まじゅつしは、ぼくをサタンにそなえる第一のいけにえとして、バスにつけてとかしてしまうといっています。ぼくは、まじゅつしの目をぬすんで、この手紙を書いています。赤い星にナンバーのついたカードをうけとった子どもは気をつけてください。それこそ、まじゅつしがサタンのいけにえにするしるしですから。

山本史郎

ひろってみると、ノートをひきさいた紙で、そこにふるえるような走り書きで、右のようなことが書いてあるのだった。

人々はそれを読むと、思わずあっと顔を見あわせた。

ああ、こんなことがはたしてあるだろうか。人間のからだがそう簡単に、とけてしまうものだろうか。そこには、なにかとんでもないしかけがあるのではないだろうか。——滋は、くちびるをかみながら、だまって考えこんでしまった。

写真のぬし

さて、翌朝そのことが新聞に出ると、日本じゅう、大変なさわぎになった。少年がバスにつけてとかされた……。世にこれほどおそろしいことがあるだろうか。それだけでもぞっとするほどきみのわるい話だが、なおそのうえに、人々をふるえあがらせたのは、山本少年の書きおきである。

——赤い星にナンバーのついたカードをうけとった子どもは気をつけてください。それこそ魔術師がサタンのいけにえにするしるしですから……。

山本少年の書きおきにはそう書いてあるではないか。しかも魔術師はあと六人、いけにえの少年少女をもとめているというのだ。ああ、だれにそのおそろしい白羽(しらは)の矢があたるのか。あの子じゃないか、いや、うちの子はだいじょうぶかしらと、子どもをもった親たちの心配は大変なものだった。

しかし、いっぽうまた、全然この事件を問題にしない人たちもあった。

人間がそうやすやすととけてたまるもんか。

これはきっと、なにかのまちがいにちがいない。三人の少年は夢でも見たのだろうと、その人たちはあざわらうのだった。

警察ではもちろん、早速あのバスの中の液体をしらべてみた。すると、それは非常に強い酸で、しかもその中には、たしかに少年一人ぶんぐらいの、動物質のものがとけているということがわかったのである。

しかし、それだからといって、その中に、山本少年がとけているという証拠にはならない。だいいち、肉はとけるにしても骨までとけるはずがないからだ。しかも、あのバスの中には、ひとかけらの骨も、のこっていなかったではないか。そうすると金色の魔術師が、骨を持っていったのだろうか。いずれにしても、ちかごろこんな不思議な事件はまたとなかった。山本少年がとけたかとけないかはべつとして、金色の魔術師はなんだって、そんなことをするのだろうか。そこにはおもてにあらわれている事実以外に、なにかしら重大な意味がかくされているのではないだろうか。

それはさておき、その翌日、滋は警視庁へよび出された。その日はちょうど日曜日だったので、達哉や公平といっしょに、桜田門(さくらだもん)の警視庁へいった。

警視庁ときいて達哉と公平はかたくなっていたが、滋は、「大迷宮」の事件のときになじみになっているし、おまけにかかりの警部というのが、あのときいっしょにはたらいた等々力警部だったので、いよいようれしくなった。

「警部さん、こんにちは。ぼく、この事件がおじさんのかかりだといいなあと思ってたんですけど、やっぱりそうだったんですか」

滋が元気にあいさつをすると、等々力警部は目をまるくして、

「なんだ、滋くんじゃないか。それじゃ、ゆうべの事件を発見した少年というのはきみだったのか」

「そうですよ、警部さん。ぼくたち三人が発見したんです。おじさん、ご紹介します。こちら村上くんに小杉くん。ぼくたち少年探偵団を組織しようと思っているんです」

滋がいきごむと、等々力警部はからからわらって、

「あっはっは、少年探偵団もいいが、勉強のほうをおろそかにしちゃいかんよ。ときに滋くん、ゆうべのことをもう一度ここでくりかえしてくれんか。武蔵野警察のほうから、大体の報告はきいているんだが、直接、きみたちの口からききたいと思ってね」

そこで滋たちはかわるがわる、ゆうべまでのいきさつを、警部の前でかたった。

まず、金色の魔術師と名のる老人が、学校の前へやってきて、七人の少年少女を、もらっていくといったことからはじめて、山本少年がゆうれい屋敷で、赤い星のついたカードをひろったこと、吉祥寺の電柱に赤い星がはってあったこと、さては三人がゆうれ

い屋敷の地下室で、ドアのすきまからのぞいていると、目の前で、山本くんのからだがとけていったことなど、のこらず話してきかせたのである。

それらの話はゆうべ事件を発見したのち、武蔵野警察でも話したところで、すでにけさの新聞にものっているのだが、等々力警部は、いかにも興味ぶかそうにきいていた。

「なるほど、なるほど。するときみたちは金色の魔術師と名のる怪老人を、二度見たわけだね。学校の前へきたときと、ゆうれい屋敷の地下室で、山本くんをとかしているときと……」

「そうです、そうです」

「それじゃ、その老人の顔をよくおぼえているだろうが、いったいどんな顔をしていた？」

そこで三人は、おぼえている老人の顔かたちを、ひとつひとつ説明した。

まん中でわけて肩までたらした長い髪、ぴんとはねあげた八字ひげ。やりのように先のとがったあごひげ。わしのくちばしのようにまがった鼻、鼻めがね、けわしい目つき……。

等々力警部はそれをきくと、いちいち、うなずいていたが、やがてデスクのひきだしから、一まいの写真を取りだすと、

「それじゃ、その老人は、この写真のぬしに、にてやしなかったかね」

とさし出された写真を見ると、三少年は思わずとびあがった。

「あっ、警部さん、この人です、この人です。村上くん、小杉くん、ちがいないねえ」

二人ともそれにちがいないと断言した。

その写真は胸から上をうつしたものなのだが、顔といい、身にまとった西洋のころものような黒い服といい、ゆうべゆうれい屋敷の地下室で見た、金色の魔術師そのままだった。

「警部さん、だれです。この人はだれです」

「この人はねえ……」

と、警部が話しかけたときだった。だしぬけに、卓上電話のベルが、けたたましく鳴りだしたので、等々力警部は受話器を取りあげ、しばらく話をしていたが、やがてガチャンとそれをかけると、三人のほうをふりかえり、

「きみたち、きょうは学校お休みだね」

「はい」

「それじゃ、ぼくといっしょにきてくれたまえ。これから写真のぬしのところへ出かけるんだ」

三人はそれをきくと、思わずはっと顔を見あわせたが、やがて滋が目を光らせて、

「警部さん、ひょっとすると写真のぬしは、赤星博士ではありませんか」

「そうだ、写真のぬしは赤星博士だ。しかし、きみたちの見た金色の魔術師というのが、赤星博士かどうか、よく見てもらいたいんだ」

「警部さん、それならまちがいありませんよ」

小杉キンピラ少年も、だいぶ警部になれてきたと見えて、はじめて口をひらいた。

「だってこの写真は、たしかに金色の魔術師にちがいありませんもの。なあ、ターザン」

村上ターザン少年も同意した。

「ふむ。しかし、ちょっと妙なことがあるんでね」

「警部さん、妙なことってなんです」

「いや、そのことは自動車の中で話そう。とにかく、きみたちいっしょにきてくれたまえ」

むろん少年探偵団を組織しようという三人のことだから、いなやのあるはずはなく、おおよろこびで、それからまもなく等々力警部といっしょに、自動車に乗って出かけたが、金色の魔術師とは、はたして赤星博士なのだろうか。

宝石箱のゆくえ

「警部さん、さっきおっしゃった、妙なことってなんですか」

自動車の中で滋がたずねると、等々力警部はむずかしい顔をして、

「滋くん、それはこうだよ。きみたちは写真のぬしを金色の魔術師にちがいないといっているが、その写真のぬしの赤星博士はいま気がくるっているんだよ」

「ああ、そのことなら山本くんにききました。すると、赤星博士は、精神病院にいるんですか」

滋はちょっと不安になってきた。赤星博士が精神病院にいるとすれば、むやみに外を出歩くはずがないからである。

「いや、病院にはいない。まえには入院していたんだが、いたっておとなしい病人で、人に害をくわえる心配もないので、いまでは退院して、自宅で静養しているんだ。しかし博士の行動は、たえず警官によって見はりをされているから、精神病院にいるよりも、もっと厳重に監視されているわけだ」

滋は二人の友人と顔を見あわせた。

「しかし、警部さん、そんなおとなしい病人を、なんだって警官が見はっているんです」

「それはこうだよ、滋くん。赤星博士がまえに、悪魔の宗教を信仰していたことは、きみも知っているだろう。悪魔の宗教というのは、ひらたくいえば、わるものの団体なんだ。宗教に名をかりて人を集めては、いろいろ悪事をはたらいていたんだ。博士はその首領だったんだよ」

「それだのに、どうして博士は刑罰をうけなかったんですか」

村上ターザンが不平そうにきいた。

「気がちがったからさ。どんな法律でも気ちがいを罰するわけにはいかないからね」

「ふふん、うまくやってるな」

人一倍正義派のターザンは、いかにも不平そうに鼻をならした。

「わかりました、警部さん。それでは博士が、いつなんどき、病気がなおるかもしれないので、おまわりさんが見はってるんですね」

そうさけんだのは小杉キンピラ。

「ふむ、それもある。しかし、もうひとつ重大なわけがあるんだ。赤星博士は有名な宝石狂で、宝石ときたら目がない。そこで信者たちからかき集めた宝石を、みかん箱くらいの箱にいっぱい持っていたんだ。むろん、みんなぬすまれた宝石ばかりなんだがね」

「みかん箱いっぱいの宝石ですって！」

三少年は思わず息をはずませた。

「そして、警部さん、その宝石箱は、その後どうなったんですか」

「それがわからないんだ。博士が発狂したのちしらべたところが、どこにもないんだ。博士がどこかへかくしたらしいんだが、そのかくし場所が、いまもってわからない」

「全然見当がつかないんですか」

滋が、残念そうに、ため息をついた。

「いや、だいたい、見当はついているんだ。赤星博士は、東京およびその近郊に、七つの悪魔の礼拝堂をもっていたそうだから、たぶん、その一つにかくしたんだろうと思うが、その礼拝堂のありかがわからない。いや、吉祥寺のやつだけは、わかっていたんだがね」

滋はあやしく胸のおどるのをおぼえた。七つの礼拝堂に七人のいけにえ。ああ、そこに、なにか関係があるのではないか。

「赤星博士は礼拝堂のありかを白状しないんですか」

「いや、ところが博士自身、全然それをわすれているんだ。博士も思いだそうとしてやっきとなっている。ね、わかったかね。警官が厳重に博士の行動を、見はっているのもそのためなんだ。博士はいつなんどき思いだして、こっそりそれを取りにいくかもしれない。だから警官が見はっているわけだが、きみたちのいうように、博士が外出したとすると、すでに警視庁のほうへ、報告がきていなければならんはずだが……」

滋は急に不安がこみあげてきた。すると自分たちの目にあやまりがあるのだろうか。いやいや、そうは思われぬ。あの写真は金色の魔術師にそっくりではないか。赤星博士はきっと、警官の監視の目をくぐって、家からぬけ出したにちがいない……。

滋が、とつおいつ、そんなことを考えているうちに、自動車は霞町から麻布六本木へ出て、そこから溜池へくだる坂の途中を右へまがると、やがて、高い煉瓦塀をめぐらした、陰気な洋館の前にとまった。

滋たちが自動車からおりてみると、煉瓦塀の高さは三メートルをこえ、なおその上に厳重な鉄条網がはりめぐらしてある。そして、いかめしい鉄柵の門の外には、交番のような建物があり、ものものしく武装した警官が、立っていた。

警官は、自動車からおりた警部のすがたに、びっくりしたように目をみはり、

「警部どの、なにかありましたか」

「いやなに、その後赤星博士のようすはどうかと思ってね。なにもかわったことはないか」

「はあ、べつに。あいかわらず、ぶつぶつひとりごとをいいながら、おりおり庭を散歩しております」

赤星博士の病気というのは、むかしのことをすっかりわすれているのである。そして、それ以外には、普通の人と、たいしてかわりはないのだそうだ。

「どうだね。ちかごろ、博士がこの家を出ていったようなことはないかね」

警官は目をまるくして、

「とんでもない。そんなことは、絶対にありません」

「しかし、きみたちが気づかぬうちに、こっそり家をぬけ出すというようなことが……」

「ば、ばかな！　いや、失礼しました。そんなことは絶対にできません。わたしたちは交代で、四六時中この門の前に立っているのですし、一日に三回、塀のぐるりをまわって、鉄条網に異状はないかとしらべます。だから、わたしたちの目をぬすんで、この家をぬけ出すなんてことは絶対にできません」

「警部さん、警部さん。この家にはほかに入り口はないんですか」

滋は不安そうにきいた。

「ふむ、まえには裏門があったのだけれど、博士がここに住むようになってから、ぬりつぶして、塀にしてしまったのだ。だからいまではこの門よりほかに、入り口はひとつもない」

滋はますます不安になってきて、達哉や公平と顔を見あわせた。

「警部どの、ほんとになにか、あったのですか」

警官は心配そうな顔色である。

「いや、べつに。……しかし、せっかくきたのだから、ちょっと博士のようすをのぞいていこう。滋くんたちもきたまえ」

警官にひらいてもらって、門の中にはいっていくと、それは、明治式の古びた煉瓦造りの二階だてで、いかにもなにか秘密のありそうな、陰気くさい建物だった。

玄関に立って警部がベルをおすと、出てきたのは、腕っぷしの強そうな大男である。

警部の顔を見ると、あわてて頭をさげた。

「赤星博士は……？」

「はあ、お居間のほうにいらっしゃいます」

「そう、じゃ、いつものようにして、のぞかせてくれたまえ」

「承知しました」

「きみたち、足音に気をつけて」

大男に案内された一同が、足音をしのばせてやってきたのは、殺風景なへやだった。

大男はそっとドアをしめると、壁にかけてある額をはずして、

「どうぞごらんください」

見ると、額のうらには鏡が一まいはめこんである。警部は三人をふりかえって、

「博士のへやはずっとはなれたところにあるんだがね、鏡とレンズを利用して、ここからようすが見えるようになっているんだ」

そういいながら、警部は鏡をのぞいていたが、やがて三人をふりかえり、

「さあ、きみたちものぞいてごらん。金色の魔術師かどうか、よく見てくれたまえ」

滋は、おそるおそる鏡をのぞいたが、すぐどきっとしたように息をのみこんだ。ああ、もうまちがいはない。なにか考えこんだようすで、両手をうしろにまわし、へやの中を歩きまわっている老人……。それはたしかに金色の魔術師ではないか。

達哉と公平も、滋のあとからのぞいたが、二人ともまっさおになって、ひたいにあせをにじませている。

「どうだね、きみたちの見たところでは……」

「警部さん、ちょっと待ってください。もういちど、ぼくにのぞかせてください」

滋はそういって、また鏡をのぞいていたが、やがてなにを見つけたのか、あっとかすかに口の中でさけぶと、

「警部さん、警部さん、なんとかして赤星博士を外へつれ出すくふうはありませんか。ぼく、ちょっと、あのへやをしらべたいのです」

と、興奮に声をふるわせていった。滋はいったいなにを発見したのだろうか。

祖父の時計

「滋くん、きみはこのへやに、なにか変なことがあるというのかね」

それからまもなく、散歩の時間ですからと、あの大男が赤星博士を外へつれ出したあと、そっとへやへしのびこんだ一同だった。

滋はすばやくあたりを見まわすと、

「ああ、あの時計です。あの時計です」

と、指さしたのは、壁ぎわにある大きな時計。西洋では、俗にそれを、グランド・ファーザー・クロック、つまり祖父の時計といって、おとなの背たけほどもある、置き時計なのだ。

「滋くん、この時計がどうかしたかね」

「警部さん、ごらんなさい。時計の下から、なにやらはみ出しているではありませんか」

なるほど見れば時計の下から、きれのようなものが三センチほどはみ出している。しかも、そのきれには金ぴかの刺繡(ししゅう)がしてあるではないか。

「あっ、警部さん、警部さん。あれは金色の魔術師の着ていた、フロックのきれはしです」

公平が思わず大声でさけんだ。

警部もそれをきくとびっくりして、きれを取ろうとしたが、なにしろ重い時計の下じきになっているのだから、ちょっとひっぱったくらいでは、とても取ることはできない。

警部はまゆをひそめて、

「しかし、こんなものが、どうして時計の下にもぐりこんだのだろう」

滋は息をはずませ、

「警部さん、きっとこの時計はうごくのです。そして、そのあとにぬけあなの入り口があるのです」

「ぬけあな……?」

警部は半信半疑のおももちである。

「そうです、そうです。吉祥寺の礼拝堂(れいはいどう)にも、秘密の落とし戸があったではありませんか。この家にもきっと、秘密の通路があって、そこから博士は、自由に外へ出られるのにちがいありません」

「しかし……。しかし……、滋くん。この大時計をどうしてうごかすのだ」

「さあ、それはぼくにもわかりませんが、しかし……」

警部も滋の考えに、しだいにひきこまれてきたと見え、息があらくなった。

滋は、ふと、自分の腕時計を見て、

「へんだなあ、この時計はまだ一時だ。ほんとうはもう四時になるのに、……しかも、この時計はとまっちゃいない」

なるほどガラス戸の中では、大きなふりこがゆらゆらゆれて、チックタックと時をきざむ音もする。それだのに時計の針は、一時ちょっとすぎをしめしているのである。

滋は背のびして、時計の文字盤を、つくづくながめていたが、

「警部さん、へんですよ。この文字盤の文字のうち、七時のところがいちばんこすれています。ほかのところはなんともないのに……」

滋はそれから文字盤のふたをひらいて、こころみに針を七時にしてみた。べつに、かわったことはなかったが、不思議なことには、この時計は鳴らないのだ。ふつう、グランド・ファーザー・クロックというのは、ボーン、ボーンとよい音をたてるものなのに、この時計はそれをとめてあるものとみえる。

滋はもういちど針をまわして、また七時にしてみた。しかし、あいかわらずかわったことはない。それにもかかわらず、滋が針をいじっているのを見て、

「滋くん、いいかげんによしたまえ。この時計がうごくとしても、しかけはもっと、ほかのところにあるにちがいない」

「いいえ、警部さん、ちょっと待ってください。ぼくの考えがあたっているかどうかわかりませんが、しまいまでやらしてください」

滋はあいかわらず針をまわしていたが、やがて七へんめに七時のところへ針がきたとき、どこかでカタリという音がしたかと思うと、ギリギリギリ、ギリギリギリ、かすかな音をたてながら、あの大きな祖父の時計が、ドアのようにひらきはじめたではないか。

「あっ、ひらいた、ひらいた。やっぱりぬけあながあったのだ！　滋ちゃんはえらいね」

キンピラ少年はもう夢中である。村上ターザンも目をみはって、大きく息をはずませている。こうして、一同が手にあせにぎって見ているうちに、大時計は九十度までひらいたかと思うと、そこでぴったり、とまった。そして、そのうしろの壁には、人一人とおれるくらいのあながあいているのである。

さすがの警部もこれにはどぎもをぬかれたらしく、びっくりしたように目をみはっていたが、やがて口のうちで、

「ちきしょう！」

と、するどく舌うちをすると、脱兎（だっと）のごとくあなの中へもぐりこんだ。三少年もそれにつづいたことはいうまでもない。

あなの中はまっ暗だったが、警部はマッチをすってスイッチのありかを見つけると、すぐそれをひねった。そして、ぱっとついた電気の光で見まわすと、そこは三メートル四方ほどのへやだったが、すみのほうに一目で落とし戸と知れるゆかがあった。それをあげると、はたして階段がついていた。

「ちきしょう、ちきしょう！」

警部はくやしそうに舌うちしながら、すぐ階段をおりようとしたが、

「あ、警部さん、ちょっと待ってください。あれを……、あれを見てください」

滋によびとめられて、等々力警部がふりかえると、壁には金ぴかのフロックと、金ぴ

かのシルクハットがかかっており、デスクの上には、赤い星を書いたカードが、いっぱいちらかっていた。

しかし、滋が指さしたのは、それではなく、デスクの上に立ててある写真入れだった。その写真の上にはべったりと、赤い星とNo.２と書いた紙がはってあるではないか。

「あっ」

警部は、つかつかとデスクのそばにより、べりべりとはってある紙をはがしたが、するとその下からあらわれたのは、なんと、顔のところだけまるく切りぬいた、少女の写真ではないか。

顔が切りぬいてあるので、どこのだれともわからないが、それでは金色の魔術師の第二のいけにえとは少女なのか。

滋をはじめ村上・小杉の三少年はまっさおになって顔を見あわせていたが、そのときだった。だしぬけに表のほうからきこえてきたのは、ズドン、ズドンとはげしくピストルをうちあう音。

「あっ、あれはどうしたのだ！」

「もしや、赤星博士が……」

警部はそれをきくと、ものもいわずに、ぬけあなからとび出し、玄関から外へ出たが、ああ、そのときにはすでにおそかったのである。

大男と見はりの警官、それから運転手の三人をうちたおした赤星博士が、悪鬼の形相ものすごく、警部たちの乗ってきた自動車にとび乗って、いずくともなく走りさったのだった。

ああ、くるえる悪魔はおりから出てしまった。あわれな第二のいけにえは、いったいどこの少女なのだろうか。

第二のカード

赤星博士が逃げるとみるや、等々力警部はすぐに電話でこのことを、警視庁へ報告した。警視庁では、早速全都に非常線をはったが、それにもかかわらず、赤星博士はつかまらなかったのである。あとでわかったところによると、赤星博士は、自分の家から五百メートルほどはなれたところに、自動車をのりすててにげたのだった。

さて、いっぽう、大時計の裏にあるぬけあなをしらべたところが、それは、赤星博士の屋敷から、路地一つへだてた、裏がわの家につづいていることがわかった。しかもその家というのは、もう長いこと、あき家になっているのである。

ああ、なんということだろう。博士の家は、厳重に見はりをされていたが、それは、なんの役にもたたなかったのだ。赤星博士はぬけあなをとおって、自由自在に出入りをすることができたのである。

こういうことがわかったから、警視庁にたいする世間の非難は大変だった。

ことに第二のいけにえが、少女だとわかったので、女の子をもつ親の心配といったらなかった。博士の家で発見された、写真を見せてくれと、おしかけてくる親たちのために、警視庁はてんてこまいをしたくらいである。

こういうさわぎを見るにつけ、立花滋が思いだすのは、名探偵金田一耕助のこと……。

「こんなときに先生がいてくださったら……」

しかし、なんという悲しいことだろう。その金田一耕助は健康をそこねて、いま、とおく関西の海べで、静養しているのだった。

しかし、滋は考えた。金田一先生をひっぱりだすことはできなくとも、手紙で相談するくらいは、かまわないだろうと……。

そこでつぎの日学校で、達哉や公平と相談して三人で手紙を書くことになった。三人はお昼休みに、ひたいを集めて、いろいろ相談しながら、こんどの事件を、くわしく書いて金田一耕助に出した。

すると、五、六日たって、耕助から返事がきたが、それによると、自分は東京へ帰るわけにはいかないが、この事件は大変おもしろそうだから、今後も、見たこと、聞いたことを、のこらず書いてよこすように、それから山本少年がバスでとかされたときのようを、こんどは三人べつべつに、見たままそっくり、書いてよこせということだった。

この手紙を読んで、こおどりしてよろこんだのは三少年である。金田一探偵が、たとえ自分は出てこれなくても、うしろについているのだから、百万人の味方をえたようによろこび勇み、そこで三人は、めいめい、山本少年がとかされたときのもようを、見たとおり書いておくった。

ところが、その返事がまだこないうちに、ここにまた、ひとつの事件がおこったのである。

それはやはり土曜日のこと、滋たち三人が、昼すぎ、学校を出ようとすると、むこうから思いがけない人が、顔色をかえてやってきた。それは山本少年がとかされた晩、ゆうれい屋敷の前で出会った杉浦画伯なのだった。

「ああ、よいところで会った。じつはきみたちに会いにきたのだ」

「杉浦さん、なにかご用ですか」

「うむ、きみたちに見てもらいたいものがあってね。きみたちは、いつか山本くんが、金色の魔術師からうけとった、カードを見たことがあったね。ほら、ナンバーのはいったやつさ」

「ええ、でも、それがどうかしましたか」

滋が心配そうにたずねると、

「じつは、きょう、あるところで、それと同じようなカードを見つけたんだ。それで、きみたちに見てもらいたいと思ってね」

杉浦画伯がポケットから出したカードを見て、滋と村上・小杉の三少年は、思わずあっと顔色をかえた。それもそのはず、赤い星のマークのついたそのカードは、大きさといい、紙の質といい、いつか山本少年に見せられたカードにそっくりではないか。しかも、そこには、インキのあともなまなましく№2と……。

「杉浦さん、これです、これです、このカードです。しかし、だれが、これをうけとったのですか」

滋が息をはずませてたずねると、杉浦画伯はいよいよ顔色をかえて、

「いや、それがよくわからないんだ」

「わからないとは、どういうわけですか」

達哉が、不思議そうにたずねると、

「それがね、三人のうちの一人だってことは、わかっているんだが……。とにかくきみたち、ぼくといっしょにきてくれないか」

「どこへですか」

「丸の内の東都劇場だ。じつはこのカードは、東都劇場の楽屋で発見されたんだ」

滋は顔を見あわせて、

「杉浦さん、そんなことをするより、すぐ警察へとどけたらどうですか」

「いや、ぼくもむろんそう思ったが、ひょっとすると、だれかのいたずらかもしれんと思ってね。それだと、警察へとどけると、あとでとんでもないはじをかくからね」

杉浦画伯がためらったのもむりはなかった。新聞に金色の魔術師のことが、書きたてられるようになってからというもの、あちらでも、こちらでも、赤い星に番号のついた

カードをうけとったというさわぎがおこった。しかし、それはみんな近所の人や、友だちのいたずらだったのである。

滋はちょっと考えて、

「杉浦さん、それで、三人のうちの一人だというのは、どういうわけですか」

「それはこうなんだ。いま東都劇場では児童劇をやっているんだ。ぼくはそこで背景をかいたり、衣装の考案をしたりしているんだが、そこにオリオン・シスターズという、三人のきょうだいのスターがいる。三人はいつもなかよく、おなじ楽屋にいるんだが、けさ、その楽屋のカーテンに、このカードがピンでとめてあったんだ」

滋たちはそれをきくと、またどきっとして、顔を見あわせた。オリオン三きょうだいのうわさは、三少年もきいていた。とてもかわいい、人気のある豆スターなのである。

「だから、このカードがほんものとすれば、三人のうちのだれかが、金色の魔術師にねらわれているわけだが、きみたちは赤星博士のうちで、第二のいけにえの写真を見たんだろう。その写真には顔がなかったということだが、それでも、三人に会ってもらったら、だれかということが、わかりゃしないかと思うんだ。だから、ぼくといっしょにきてくれないか」

杉浦画伯はいたって陽気で、ほがらかな人だったが、このときばかりは心配のために、青くなっていた。

おとぎしばい

杉浦画伯の心配そうな顔を見ると、滋たちも、ことわることができなかった。

そこで、ともかくいってみようと、それからすぐに自動車に乗って、丸の内へかけつけたが、東都劇場の前で自動車をおりると、三人は思わず、いっせいにさけんだのだ。

「あっ、杉浦さん、あれはなんですか」

三人がおどろいたのもむりはない。劇場のやねに大きな人形が出ていたが、なんと、それは金色の魔術師にそっくりではないか。

「ああ、あれか。あれはね、いまこの劇場で、『金色の魔術師』というおしばいをしているんだよ。金色の魔術師がさんざんわるいことをしたあげく、オリオン三きょうだいに、とらえられるというおとぎしばいだ。ぼくは、こんなおしばいをして、ほんものの魔術師ににらまれるのは、ばからしいから、よしたほうがいいと反対したんだが……。やっぱり、これがいけなかったんだね」

杉浦画伯はいまいましそうに、やねの人形をにらみながら、劇場の裏がわへまわったが、やがて楽屋の入り口までくると、

「そうそう、いいわすれたが、オリオンの三きょうだいには、まだなんにもいってないんだ。かわいそうだからね。きみたちもそのつもりで、ファンみたいな顔してね」

滋たちは、承知した。

三きょうだいのへやは、舞台の裏の二階にある。杉浦画伯につれられて、三人がはいっていくと、オリオンの三きょうだいは、いましも、かわいい女の子や、男の子たちのファンに、とりかこまれていた。

諸君はプロ野球のチームに、オリオンズというのがあるのを、ごぞんじだろう。あれはオリオン星座からとった名まえだが、その、オリオン星座には、いつも三つの星がなかよくならんで、美しくかがやいている。

オリオンの三きょうだいというのは、その三つ星からとった名だが、まったくその名のとおり、三人は、きらめく星のようにかわいらしい少女だった。

いちばん姉は雪子(ゆきこ)といって十二さい。つぎは月江(つきえ)の十一さい。すえの花代(はなよ)はまだ九つ。三人とも西洋のお姫さまみたいに、ひだのたくさんついた、すその長い衣装を着て、首に三重にまいた、長い首かざりをかけていたが、それがまるで、フランス人形のような、かわいらしさだった。

「ああ、雪子さん、こちらにいるのは、きみたち三人のファンなんだ。ひとつ、ごあいさつをしてあげてください」

杉浦画伯が紹介すると、雪子はにっこりわらって、

「あら、よくいらっしゃいました。あたし雪子ですの。そこにいるのが月江と花代です。どうぞよろしく」

三人そろって、にっこりおじぎをしたが、さて、そのうちのだれが、あの写真のぬしなのか、滋たちにもさっぱりわからない。なにしろ、あの写真には顔がなかったのだし、それにきものが、すっかりかわっているので、まるで、見当もつかないのである。

三人がとまどいしていると、そこへ突然、

「杉浦先生、ぼくの扮装はこれでいいですか」

といいながら、はいってきた男があったが、それを見ると、滋たちは思わず顔色をかえた。それもそのはず、その男は金色の魔術師に、そっくりではないか。

まん中でわけて、肩までたらした長い髪、ぴんとはねあげた八字ひげ、やりのように先のとがったあごひげ、わしのくちばしのようにまがった鼻、鼻めがね、けわしい目つき……。それに金ぴかのフロックから、赤い星のついたぼうしまで、なにからなにまで、金色の魔術師そのままのきみわるさ。

滋たちが顔色かえて、しりごみをするのを見ると、杉浦画伯は、からからわらって、

「立花くん、なにも心配することはないんだ。これは椿三郎(つばきさぶろう)くんといって、金色の魔術師をやる役者だ。どうだね。きみたちは金色の魔術師を見たことがあるんだが、にているかね」

「杉浦さん、にているどころではありません。そっくりですよ」

「ぼく、ほんものかと思って、きもったまが、でんぐりがえっちゃった」

小杉キンピラ少年は、まだ、きみわるそうに、椿三郎という役者を見ている。

「そんなににているとはありがたい。きみたちも舞台を見てくれたまえ。うんとすごいところを見せるからね。けっけっけっ！」

椿三郎は、きみのわるいわらい声をたてて、出ていったが、そのわらい声までが、あの魔術師にそっくりではないか。

杉浦画伯は三人をへやのすみによんで、

「ときにどうだね、三人のうちのだれだと思うね」

と、そっと小声でたずねた。

「杉浦さん、ぼくたちにはわかりません。写真には顔がなかったのですし、それに、きものがすっかりかわっているんですもの……」

滋が正直に答えると、杉浦画伯は、ひたいに八の字をよせて、

「それはこまったな。どこか、見当がつかんかね」

三人がこまったように顔を見あわせていると、杉浦画伯はあきらめたように、

「いや、それじゃしかたがない。なに、金色の魔術師がねらっているとしても、こっちだって、むざむざまけるもんか。たたかってやる。断固として、金色の魔術師とたたかうんだ」

杉浦画伯は歯をくいしばり、両手をにぎりしめたが、そのとき、開幕のベルが、たからかに鳴りわたった。

杉浦画伯はそれをきくと、滋たちをふりかえって、

「きみたち、せっかくきたのだから、しばいを見ていきたまえ、いま、見物席へ案内させるからね」

杉浦画伯はベルをおして、係員をよぶと三人を見物席へ案内させた。楽屋からは地下道をとおって、表玄関のそばへ、出られるようになっているのである。

三人はそこをとおって、見物席へ案内されたが、ちょうどそのとき、舞台では幕がひらいて、いよいよ、おとぎしばい、金色の魔術師がはじまった。

舞台裏の怪

「ねえ、立花くん」

席へつくと達哉が小さな声で、

「あの椿三郎という役者ね。あいつ、ほんものの金色の魔術師じゃないかしら。だって、顔から声までそっくりじゃないか」

「そうだよ、そうだよ。ターザンのいうとおりだよ。ぼくも、あいつがあやしいと思うよ」

公平もあいづちをうった。しかし、滋は首をよこにふって、

「まさか。……しかし、村上くん、小杉くん。ぼくは、妙なことに気がついたよ」

「妙なことって？」

「赤星博士は、非常に特徴のある顔をしているだろ。ああいう特徴のある顔は、かえって変装しやすいってことを、椿三郎という役者を見て気がついたんだ」

「滋ちゃん、それ、どういう意味？」

「つまりね、だれかが赤星博士にばけようと思うだろ。そのとき、博士があたりまえの髪のかりかたで、ひげもなく、鼻めがねもかけていなかったら、生まれつき、よっぽど、よくにた人でないと、博士にばけることはむずかしい。ところが、赤星博士はあのとおりの顔だから、かつらやつけひげ、それから鼻めがねをつかうと、かえってばけやすいんだ。まがった鼻だって、パラフィンかなんかつければ、まねができるし、鼻めがねをかけると、だれだって目がつりあがるんだ。げんに椿三郎は、あのとおり、すっかり博士にばけているじゃないか」

「立花くん、するとこのあいだの赤星博士は、ほんとの赤星博士じゃなくて、だれかが博士に変装していたというの？」

「さあ、そうはっきりとはいえないが、しかしね、赤星博士はあのとおり、ぬけあなをもってたんだから、逃げようと思えば、いつだって逃げられたはずだろ。なにも、あんなきわどい逃げかたをしなければならぬはずはないんだ」

「そういえば、滋ちゃんのいうとおりだね」

「それに、あのぬけあなが発見されたんだって、おかしいよ。ぼくみたいな子どもに、あんなに簡単に発見されるなんて、金色の魔術師らしくないよ。だからあれは、ぬけあなを発見させるように、わざと、時計の下から、きれを出しておいたんじゃないかと思うんだ」

「しかし、それはどういうわけで？」

村上・小杉の二少年は不思議そうに左右から、滋の顔を見まもった。

「赤星博士にうたがいをかけるためさ。ぬけあなの中には、なにがあった？　金色の魔術師の衣装やカード、それから第二のいけにえの写真だ。それで赤星博士は、すっかり金色の魔術師にされちまったが、博士がわるいことをしようとするなら、もっとちがった顔に変装するのが、あたりまえだと思うんだ。あの特徴のある顔で、悪事をはたらけば、すぐめぼしをつけられるのはわかりきっている」

さすがは名探偵、金田一耕助の弟子だけあって、滋の考えかたには、なかなかするどいところがあった。

滋はくやしそうにくちびるをかんで、

「だから、ぼくはくやしいんだ。あのぬけあなを発見して、得意になっていたけれど、あれこそ金色の魔術師の思うつぼだったのかもしれない。そして、ぼくが得意になっているのを、わらっているかもしれないんだ」

「しかし、立花くん」

達哉がなにかいいかけたとき、見物席のあちこちから、しいっ、しいっと、たしなめるような声がきこえた。三人はそれではじめて気がついて、口をつぐんで、あらためて舞台のほうへ目をやった。

舞台では金色の魔術師が、オリオン三きょうだいのすえの妹、花代のふんした小さいお姫さまを、誘拐するところだった。

そこはりっぱな宮殿のおくで、ベッドの上には、小さなお姫さまがねている。そこへしのびこんだ魔術師は、サンタクロースのように、大きなふくろを持っていた。

魔術師はベッドのそばへしのびより、お姫さまの口へハンカチをあてがった。お姫さまはちょっと手足をばたばたさせたが、すぐ、うごかなくなったのは、たぶん、ねむり薬をかがされたのだろう。

「けっけっけっ、これで第二のいけにえが手にはいったぞ。けっけっけっ」

そのわらい声をきいたとき、滋たちは思わずぞっと顔を見あわせた。しばいとは知っていても、やっぱりきみがわるい。

やがて魔術師はふくろの中に、お姫さまをおしこみ、それをかついで逃げようとしたが、ちょうどそこへ、おおぜいの家来や、腰元たちがやってきた。

「あっ、金色の魔術師だ。みなさま、金色の魔術師がしのびこみましたぞ」

金色の魔術師は、たちまち、おおぜいの家来や、腰元にとりかこまれてしまった。

「金色の魔術師、こうなったら逃げることはできないぞ。おとなしく降参しろ」

しかし、そのとき金色の魔術師が、口の中でなにやらとなえながら、忍術つかいみたいに右手をふると、そのすがたはまたたくまに、舞台の下へすいこまれていったのだ。

「けっけっけっ」

と、きみのわるいわらい声をのこして……。

「それ、金色の魔術師が逃げましたぞ。みなさま、気をおつけなされませ」

家来や腰元たちが、うろたえさわぐところで、その場は幕になった。

達哉はほっとしたように、

「なんだ、しばいか。ぼくは、あいつが、第二のいけにえが手にはいったぞ、といったときには、ほんものかと思ってぞっとしたよ」

「ぼくだって、そうさ。役者ってやっぱり、うまいもんだね」

公平もため息をついている。

その幕あいは三分ぐらいで、すぐつぎの場面になるはずだったが、それがどうしたのか、五分たっても、十分たっても幕があかない。

見物席では見物が、わいわいいいはじめたが、すると十五分ほどたったころ、とつぜん、さっきの係員がやってきて、

「ああ、ぼっちゃんがた、まだいましたね。杉浦先生がちょっときてくださいって」

係員の顔色が青くなっているので、三人はぎょっと息をのみこんだ。

「おじさん、なにかあったの」

「いえ、あの、ここではいえません。どうぞこちらへきてください」

係員のあとについて楽屋へいくと、杉浦画伯と雪子と月江が、まっさおになっておろ

おろしていた。

「杉浦さん、ど、どうかしたんですか」

「ああ、きみたち、いまのしばいを見ていて、金色の魔術師になにか変なところがあるのに気がつかなかった?」

「杉浦さん、ど、どうしたんです」

「すこし、変なんだ。金色の魔術師の椿くんと、花代ちゃんのすがたが、舞台の下へもぐりこんだきり、見えなくなったんだ」

滋たちはそれをきくと、思わずまっさおになったが、そこへ二、三人の女の子が、あわただしくとびこんできた。

「先生、大変です。椿さんが……」

「えっ、椿くんがどうかしたのか」

「はい、舞台裏のすみにたおれて、ねむっているんです」

それをきくと一同は、顔色かえてとび出したが、ああ、なんていうことだろう。椿三郎は金色の魔術師の衣装を着たまま、ごたごたと大道具のおいてある、うす暗いかたすみで、こんこんとねむっているではないか。杉浦画伯はその口もとをかいでみて、

「あっ、ねむり薬をかがされている!」

「先生、それじゃ花代ちゃんはどうしたんですの。さっき舞台へ出ていた金色の魔術師は椿さんじゃなかったんですか」

雪子と月江はおろおろ声で、杉浦画伯にとりすがった。

そのとき、滋の目についたのは、ゆかの上に落ちている一まいの紙。なにげなくひろいあげると、なんと、それは赤い星のついたカードで、しかも、その上になにやら文字が書いてあるではないか。

滋はあわててそれを、ポケットにねじこんだが、だれもそれに気づいたものはいなかったのだった。

きえる魔術師

黒めがねの怪紳士

さあ、舞台裏はおおさわぎである。

「おい、椿くん、おきろ、おきろ、目をさませ」

杉浦画伯がよべどさけべど、椿三郎は目をさますけはいがない。

「これはいかん、だれか医者をよんでこい！」

言下にさっきの係員が、楽屋からとび出して、すぐに医者をつれてきた。

その医者に二、三本つよい注射をうたれて、椿三郎はやっと正気にかえった。

「あっ、こ、これはどうしたんだ」

椿三郎はびっくりしたように、目をぱちくりさせながら、あたりを見まわしている。

「どうしたもないもんだ。椿くん、きみこそどうしてこんなところにねているんだ。花代ちゃんをいったいどこへやったんだ」

「花代ちゃん？　花代ちゃんがどうかしたの」

「どうかしたのって、さっき、きみが花代ちゃんをふくろづめにして、舞台の切りあなから、舞台下へきえていったじゃないか。それから……」

「な、な、なんだって！」

椿三郎はゆかからとびおきると、

「それじゃ、もうしばいははじまっているのか」

「おいおい、椿くん、とぼけちゃいかん。はじまっているかもないもんだ、いまきみが……」

「いや、ぼくは知らん。ぼくは舞台へ出たおぼえはない。さっき舞台裏で待っていたところが、だしぬけにうしろから、だれかがぼくをだきしめて、なにやらしめったハンカチのようなものを、鼻と口とにあてがったんだ。もちろん、ぼくはもがいた。さけぼうとした。しかし、すぐ気が遠くなって……。ああ、頭がいたい、われるようだ」

椿三郎が青い顔をして、頭をかかえこむようすを見ると、花代の姉の雪子（ゆきこ）と月江（つきえ）は、まっさおになってしまった。

「先生、先生、それじゃ、さっきのは、ほんものの魔術師だったのじゃございますまいか」

それをきくと一同は、青くなってふるえあがったが、そのとき、そばから口を出したのは、立花滋（たちばなしげる）だった。

「杉浦さん、杉浦さん。ここでこんなことをしているまに、出口をしらべたらどうですか。金色（こんじき）の魔術師は、あんな目につくなりをしているのですから、外へ出たとすれば、きっと、だれか見ているにちがいありません。もし、まだ外へ出ていないとしたら……」

「そうだ、そうだ。よし、みんな手つだってくれたまえ」

そこでみんなで手わけをして、劇場の出口という出口をしらべたが、だれも金色の魔術師を見たというものはいない。

杉浦画伯は顔いっぱいによろこびの色をうかべて、

「しめた！　それじゃ、あいつはまだ、この劇場の中にいるにちがいない。みんなでさがしてみよう。立花くん、きみたちも手つだってくれたまえ」

そこで、劇場の人たちがそうがかりで、楽屋といわず、見物席といわず、すみからすみまでさがした。

滋も達哉や公平といっしょに手つだったが、金色の魔術師はおろか、花代のすがたも見えないのである。

「こんなはずはない。外へ出た形跡がない以上、金色の魔術師も花代ちゃんも、まだこの劇場にいるにちがいないんだ」

オリオン三きょうだいの楽屋の中で、杉浦画伯はやっきとなって、わめきたてていたが、そこへおどおどはいってきたのは、いつも正面の入り口にいる、案内がかりの少女だった。

「先生、ちょっともうしあげたいことがあるんですけれど……」

「なに、どんなこと？」

「あたし、いまふと思いだしたんですが、あの第一幕がおわってまもなくのことでした。おじょうさんをだいた男のかたが出ていらっしゃって、むすめが急に気分がわるくなったからと、自動車でお帰りになったんです」

滋はそれをきくと、はっと達哉や公平と顔を見あわせた。

杉浦画伯は心配そうにそわそわして、

「それで……。それがどうかしたの？」

「はい、あの、そのかた、なんだか楽屋のほうからつづいている、地下道から出ていらっしゃったような気がして、そのとき、ちょっとへんに思ったんですけれど……」

「きみはそのとき、だかれている少女の顔を見なかったの？」

「はい、ぴったりと男のかたの胸に、顔をくっつけていらしたので……。それに毛布でからだをくるんであったので、おめしものもよく見えなかったのですが、いまから思えば、すそのほうから、お姫さまの衣装のようなものが、ちらちらのぞいていたようでした」

「そして、そいつはどんな男だったんだ」

「それが、そのかた、ぼうしをまぶかにかぶり、オーバーのえりを立て、おまけに黒めがねをかけていらっしゃったので、顔はまるで見えなかったんです」

「そいつは自動車に乗っていったんだね」

「はあ、自動車を待たせてあったようでした」

それをきくと杉浦画伯は、どしんと、いすに腰をおとすと、両手で頭をかかえこんでうなだれてしまった。

ああ、もうまちがいはない。金色の魔術師は花代をふくろづめにして、舞台のあなから地下へおりると、花代のからだを毛布にくるみ、自分も衣装を着かえると、お客のような顔をして劇場から出ていったのにきまっている。

そのあいだ、花代が声をたてなかったのは、ねむり薬をかがされていたのだろう。そういえば、金色の魔術師が、お姫さまに、ねむり薬をかがせるところがあったが、あれはおしばいではなく、ほんとうだったのか。

ああ、なんという大胆さ、なんというずうずうしさ！

金色の魔術師は、こうして、何千何百人という見物の見ている前で、ゆうゆうと、第二のいけにえを誘拐していったのである。

カードの文字

こうなると、もうおしばいどころではない。金色の魔術師が役者にばけて、第二のいけにえを誘拐していったといううわさが、見物席につたわったからたまらない。みんな、われがちにと逃げだしてしまったが、それはさておき、劇場からの知らせによって、警視庁からおおぜい人がかけつけてきたのは、それから、まもなくのことだった。

かかりの警部は、案内がかりの少女の話をきくと、すぐに電話で、全都に非常線をはるように手くばりをした。しかし、そのころにはもう、黒めがねの怪紳士と、少女花代を乗せた自動車は、とっくのむかしに、どこかへすがたをくらましていたのである。

さて、そのあとで一同は、警部から、厳重にとりしらべをうけた。ことに、金色の魔術師にふんしていた椿三郎と、第二のカードを発見しながら、警察へとどけなかった杉浦画伯は、きびしいとりしらべをうけたが、どうやら、そのうたがいもはれたようだった。

立花滋や村上・小杉の三少年も、警部にいろいろ話をきかれたが、このとき滋が残念でたまらなかったのは、かかりの警部というのが、等々力警部でなかったことである。もし、あいてが等々力警部なら、うちあけて、相談しようと思っていたことがあったのに、そうでなかったので、滋はつい、いいそびれてしまったことがあるのだ。

さて、こうしてとりしらべもすみ、手くばりもおわって、警官たちがひきあげていったのは、もうかれこれ日ぐれどきのことだったが、そのあとの楽屋では、雪子と月江が、だきあってなきくずれてしまった。

椿三郎も金色の魔術師の扮装をぬいで、ぼんやり考えこんでいたが、素顔を見ると、二十五、六の、金色の魔術師とは、にてもにつかぬ青年だった。

杉浦画伯は、いすの中で、両手で頭をかかえこんでいたが、そのそばへやってきて、そっと肩をたたいたのは立花滋である。

「杉浦さん、ちょっと話があるんですが……」

杉浦画伯は気ぬけしたような顔をあげ、

「なにかぼくに用事……？」

「ええ、ないしょでちょっと、相談したいことがあるんです」

「ああ、そう、それじゃ、こっちへきたまえ」

滋のただならぬ顔色を見て、杉浦画伯はすぐ立ちあがると、へやを出ていった。

「村上くん、小杉くん、きみたちもきたまえ」

「滋ちゃん、なにかあったの？」

「うん、ちょっと……」

一同の出ていくうしろから、椿三郎がへんな目をして見おくっている。やがて別室へはいって、中からぴったりドアをしめると、

「立花くん、話というのはなんだね」

「杉浦さん、こんなものをひろったのです」

滋がポケットから取りだしたのは、赤い星のマークのついたカードだった。三人はそれを見ると目をまるくして、

「立花くん、これ、どこでひろったの」

「椿さんが、たおれていたそばに落ちていたんです。杉浦さん、裏をごらんなさい」

裏を見ると万年筆のはしり書きで、

「芝白金台町二丁目」――と、ただそれだけ。

「滋ちゃん、これ、どういう意味？」

「それはぼくにもわからない。しかし、このカードに書いてあるからには、なにか金色の魔術師に関係があるんじゃないかと思うんだ。ひょっとすると、魔術師が、落としていったんじゃあるまいか」

「それで、滋ちゃん、どうしようと思うの」

「これから白金台町へいってみたらどうかと思うんだ。なにか手がかりがつかめるかもしれないよ」

　それをきくと杉浦画伯は、いきなり滋の手をにぎりしめた。

「ありがとう。立花くん、よくいってくれた。ぼくは、どうしても花代ちゃんを、とりかえさねば腹の虫がおさまらないんだ。きみたちも、ぜひ手つだってくれたまえ」

「杉浦さん、それじゃすぐに出かけましょう」

「いや、ちょっと待ってくれたまえ」

　杉浦画伯は三人をおしとめて、

「ぼくはこれから雪子さんと月江さんを、うちまで送ってやらねばならない。それじゃ、こうしよう。ここへ、弁当をとってあげるから、きみたちそれをたべて、一足さきにいってくれたまえ。ぼくは二人を送りとどけてから、白金台町へまわるから。しかし……」

杉浦画伯はカードの裏をもういちど見て、

「へんだねえ、これは……」

「杉浦さん、なにがですか」

「いや、なんでもない。それじゃ、弁当をとってくるからね」

こうして杉浦画伯がとってくれた弁当をたべた三人が、白金台町へむかったのは、もうかれこれ六時ごろのことだった。

白金台町二丁目というのは、むかしはりっぱなお屋敷がならんでいたのだが、いまではいたるところに煉瓦をつんだ、さびしいあき地がある。三人がそこへついたころには、もうとっぷりとくれはてて、空には月が出ていた。

「立花くん、白金台町二丁目とだけじゃ、見当のつけようがないね」

しばらくそのへんを歩きまわったのち、達哉がとほうにくれたように、つぶやいた。

「うん、でも、よく気をつけていよう。なにか金色の魔術師に、関係のあるものが見つかるかもしれないよ」

滋は失望ということを知らない。達哉や公平をはげまして、さびしい町を、歩きまわっていたが、そのうちに、夜はしだいにふけわたって、あたりにはいぬの子一ぴきとおらない。

「滋ちゃん、杉浦さんはどうしたんだろう」

「いまにくるよ。それまでになにか手がかりをつかんでおかなくちゃ……」

滋のことばもおわらぬうちに、むこうから近づいてくる人影が見えた。

「杉浦さんじゃないかしら。よんでみようか」

「村上くん、待ちたまえ。杉浦さんだといいけれど、そうでなかったら、あやしまれるよ。ちょっとここにかくれていよう」

三人は、その場の、煉瓦のかげにかくれたが、やがて、その前をとおりかかった人の顔を月の光ですかしてみて、三人は思わずぎょっと息をのみこんだ。

なんと、それは椿三郎ではないか。

怪屋の怪

「いまのは、たしかに椿三郎だったね」

「うん、でも、どうしてこんなところへきたんだろ。杉浦さんにきいたのかしら」

「なんだかへんだねえ」

三人は心臓をどきどきさせながら、煉瓦のかげで、ひそひそ話をしていたが、

「ひとつ、あとをつけてみようじゃないか」

と、そういう滋のことばに、三人がそっと煉瓦のかげからはい出すと、椿三郎はちょうどむこうのかどをまがるところだった。三人が、いそいでそのまがりかどまでくると、椿三郎は、さびしいやけあとにただ一軒、ぽっつりとたっている、洋館の中へはいって

いった。

それを見すましておいて三人が、そろそろ洋館の前までくると、そこには門もなにもなく、すぐ道ばたに三段ほどの階段があり、階段の上にドアがある。ドアはすこしあいていたが、中はまっ暗だった。

洋館は小さな二階だてだったが、不思議なことにはドアから右手には、二階にも、下にも窓があるのに、左手には窓というものがひとつもない、なんだかきみのわるいたてものである。

三人はしばらく顔を見あわせていたが、

「とにかく、中へはいってみよう」

滋のことばに三人が、そっと中へはいってみると、そこは小さいホールになっており、正面に、まっすぐに廊下がついていた。つまり、この洋館は廊下によって、右と左にわかれているのだが、どこもかしこもまっ暗で、椿三郎のすがたは、どこにも見えない。

「椿さん、どこへいったんだろう」

小杉キンピラ少年が、ふるえる声でつぶやいたときだった。左がわのへやにあかりがついたとみえて、ドアのすきまから、ほのかな光がもれてきた。

三人はぎょっと顔を見あわせたが、すると、そのとき、きこえてきたのは、なんと、ひくいあやしげなおいのりの声ではないか。三人はそれをきくと、ぞっとするようなおそろしさをかんじた。ああ、ひょっとすると金色の魔術師が、サタンにむかっておいのりをしているのではないだろうか。

「ちょっと、かぎあなからのぞいてみよう」

三人は、ぬき足、さし足、あかりのもれているドアのそばへ近よると、滋はかぎあなから、達哉と公平は、ドアのすきまからのぞいたが、そのとたん、三人は全身がしびれるようなおそろしさをかんじたのである。

このへやには電燈がないとみえて、テーブルの上にランプがおいてあったが、そのランプの光をまともにうけて、いすに腰をおろしているのは、まぎれもなく花代ではないか。いやいや、花代は腰をおろしているのではない。お姫さまの衣装を着て、銀色のくつをはいたまま、いすにしばりつけられているのだ。ねむり薬がまだきいているのか、いすの背に頭をもたせたまま、こんこんとねむっているようすである。

さて、花代のむこうには、吉祥寺の礼拝堂で見たとおなじような、あやしげな像をまつった祭壇があった。そして、その祭壇にむかって、熱心においのりをしているのは、ああ、金色の魔術師ではないか。

金色の魔術師は今夜もまた、西洋のおぼうさんみたいな、黒いだぶだぶの、ころものようなものを着ている。吉祥寺のときは声はきこえなかったのに、今夜は、きみのわるいおいのりの声がきこえるのだ。

やがて、おいのりがおわったのか、金色の魔術師は立ちあがって、ぎろりと、きみのわるい目を光らせながら、つかつかと、ドアのほうへやってきた。

見つかったか、……廊下へはっと腹ばいになった三人は、もう生きているそらもなかったが、さいわい、そうではなかったらしく、金色の魔術師はドアのむこうのカーテンを、さっとしめてしまった。

おかげで中は見えなくなったが、そのときである。金色の魔術師の、なんともいえぬ、きみのわるい声がきこえてきたのは。

「さあ、今夜は第二のいけにえを、サタンさまにささげるのじゃ。これ、花代や、よくおきき。第一のいけにえはバスにつけてとかしたが、おまえはいすにしばりつけたまま、空気のようにけしてしまうのじゃ。そうら、きえていくぞ、きえていくぞ。けっけっけ！」

三人はあまりのおそろしさに、もうそれ以上、その場にいることができなかった。がたがたふるえながら、足音をしのばせてホールまでくると、

「村上くん、小杉くん、ぼくがここでドアを見はっているから、きみたちは、すぐにおまわりさんをよんできてくれたまえ」

達哉と公平はうなずいて、脱兎のごとくとび出したが、うまいぐあいに、まがりかどのところで、パトロール中の警官に出あった。

警官は二人の話をきいて、びっくりしてかけつけてきた。そして、滋にもういちど、話をきいているところへ、表をとおりかかったのが杉浦画伯である。

杉浦画伯は三人の話をきくと顔色をかえて、

「それじゃ、やっぱりこのうちだったのか。立花くん、まちがいはないね」

「ええ、まちがいはありません。でも、杉浦さんはこのうちをごぞんじですか」

「いや、その話はあとでする。すると、あのへやに花代ちゃんはいるんだね」

「ええ、そうです。ぼくはさっきからかたときも、ドアから目をはなしませんでしたから」

一同はドアの前までひきかえしてきたが、中は、しいんとしずまりかえって、人のけはいはさらにない。警官が声をかけたが、むろん返事をするはずがない。

「よし、しかたがない、ドアをやぶっちまえ」

ドアは思いのほか、簡単にやぶれた。

一同はカーテンをまくって、へやの中へなだれこんだが、そのとたん、呆然(ぼうぜん)として立ちすくんだのである。

へやの中にはあいかわらず、ランプがもえつづけている。しかし、そこには、だれのすがたも見えないのだ。金色の魔術師も花代のすがたも……。

ただ、いすの上に花代の着ていたお姫さまの衣装が、なわでしばられたまま、ぐったりとしおたれており、その下には、銀色のくつがならんでいた。まるで、いすにしばられたまま、花代のからだだけが、空気となって、きえてしまったように……。

滋はあわててへやの中を見まわした。しかし、このへやには窓というものがひとつもなく、さっき滋が見はっていたドアのほかには、どこにも出口はないのだ。

ああ、それでは花代は金色の魔術師のために、空気のようにけされてしまったのだろうか。

安楽いすの中

「こんなはずはない、こんなはずはなかった。人間が空気のようにきえるなんて、そんなばかなことがあるはずがない」

立花滋は、じだんだふんでくやしがった。

「これには、なにかしかけがあるんだ。どこかにぬけあながないか、さがしてみましょう」

そこでみんなで手わけして、へやの中をしらべてみたが、どこにもぬけあなはない。ゆかも天井(てんじょう)も四方の壁も、厳重にしらべてみたが、人間のぬけられるようなすきまはどこにもないのだ。

一同は、きつねにつままれたように顔を見あわせた。

「金色の魔術師が、このへやにいたというのは、ほんとうのことかね」

警官は、うたがわしそうにたずねた。

「ほんとうですとも。金色の魔術師が、このいすに、花代ちゃんをしばりつけて、へんなおいのりをしていたんです」

滋たちは、やっきとなっていいはった。杉浦画伯も、ことばをそえて、

「とにかく、このへやに花代ちゃんがいたことは事実でしょうね。これは、たしかに花代ちゃんの着ていた衣装だから」

「よし、それじゃきっと、二人は、この少年が目をはなしているすきに、そのドアから逃げだしたにちがいない」

「いいえ、そんなことは、絶対にありません。ぼくは、このドアから、かたときも目をはなさなかったのです」

滋は、くやしがっていいはったが、しかし、すぐ、ここでこんなことをいいあらそっていても、しかたがないことに気がつくと、

「あっ、そうだ、それより椿三郎はどうしたろう。杉浦さん、ぼくたちは椿三郎が、この家へはいるのを見たんですよ」

杉浦画伯は顔をしかめて、うなずくと、

「じつはね、滋くん。さっき、きみに、芝白金台町二丁目と書いたカードを見せられたとき、ぼくは、びっくりしたんだよ。なぜって、椿三郎くんが、そこにすんでいるんだからね。しかし、まさかと思ってきてみたところが、きみたちが、この家で金色の魔術師を見たという。滋くん、ここは椿三郎くんのすまいなんだよ」

「なんですって、椿三郎のすまいですって？」

「そうだ。椿くんはこの家の、右手のほうの二階の一間をかりて、自炊しているんだ」

「ああ、わかった、わかった。それじゃ、やっぱり椿三郎が、ほんものの魔術師なんだ」

そうさけんだのは達哉だった。

「そうだ、そうだ。ぼくは、しばいを見ていたときから、きっと、そうだと思っていたんだ」

公平も、あいづちをうった。

「よし、それじゃとにかく、椿三郎のへやをしらべてみよう」

そこで一同はへやをとび出し、廊下の右手についている、階段をのぼっていった。この家は、まるで倉庫か、ものおきみたいに、どのへやもがらんとして、人のすんでいるけはいもないのだが、ただひとつ、二階の一間から、あかりがもれていた。

「あれが、椿くんのかりているへやだがね」

一同がドアの前まで近づくと、中からきこえてきたのは、妙なうなり声。

「あっ、あれはなんだ」

杉浦画伯がドアをひらくと同時に、椿三郎が、ひょろひょろとゆかからおきあがった。見ると髪の毛はみだれ、ネクタイはゆがみ、ワイシャツはさけて、まるで大格闘でもしたようなかっこうである。

「あっ、椿くん、ど、どうしたんだ」

杉浦画伯が声をかけると、椿三郎はびっくりしたように目をみはり、

「あっ、杉浦先生、それからきみたち……。いったい、どうして、ここへきたんです」

「そんなことは、どうでもいい。それよりきみこそ、そのなりは、どうしたんだ」

「ぼくにも、さっぱりわかりません。このへやへ帰ってきて、電気のスイッチをつけようとすると、くらがりからだしぬけに、だれかがおどりかかってきて、頭をがあんとやられたかと思うと、それきり、なにもわからなくなってしまったんです。しかし、杉浦先生、なにかあったんですか」

そういう椿三郎の顔色を、達哉と公平は、きみわるそうに見ていたが、だしぬけに、あっとさけんだのは公平だ。

「杉浦さん、あんなとこから首かざりが……」

公平が指さしたのは、壁にかかった、油絵の額だったが、見れば、額のうしろから、ぞろりとぶらさがっているのは、なんと首かざりのはしではないか。

杉浦画伯は、つかつかと、額のそばへちかよると、首かざりをひっぱりだし、

「椿くん！　こ、これはどうしたんだ。これは花代ちゃんが、首にかけていた首かざりじゃないか。それがどうして、ここにあるんだ」

椿三郎は目をぱちくりさせて、

「花代ちゃんの首かざり……？　いいや、知らん、ぼくは知らん」

「椿くん、この少年たちは、さっき下のへやで、金色の魔術師が、花代ちゃんを、いすにしばりつけているのを見たというんだよ。この家にどうして魔術師や花代ちゃんがいるんだ」

「知らない、ぼくは知らない。ぼくは、なんにも知らないんだ！」

椿三郎は、やっきとなってさけんだが、そのときだった。

「あっ、あんなところから、金ぴか衣装が……」

そうさけんだのは達哉である。

と、見れば安楽いすの腰をかけるところから、はらわたみたいにはみ出しているのは、まぎれもなく金ぴか衣装のはしっぽなのだ。警官はそれを見ると、つかつかとそばへより、安楽いすの腰をかける部分をはねのけると、その下からつまみあげたのは、なんと、金色の魔術師の衣装ではないか。

足の悪い係員

「椿くん、これはどうしたんだ。花代ちゃんの首かざりばかりか、金色の魔術師の衣装までかくしてあるというのは、どういうわけだ」

「知らない、ぼくは、なんにも知らないんだ」

やっきとなってさけぶ椿三郎の手を、むんずととらえたのは、警官だった。

「とにかく、あやしいやつだ。おい、花代という少女をどこへかくした」

「いいえ、おまわりさん、ぼくはなんにも知りません。だれかが、ぼくに罪をきせるために、そんなものを、かくしておいたんです」

「あっはっは、うまいことをいうね。とにかく警察まできたまえ」

「いいえ、いいえ、ぼくは……ぼくは……」

椿三郎は、追いつめられたけものみたいに、ぎらぎらと目を光らせていたが、だしぬけに大きく腰をひねったかと思うと、次のしゅんかん、警官のからだがもんどりうって、ゆかの上に投げつけられた。

「あっ、椿くん、なにをする！」

杉浦画伯がさけんだときは、おそかった。警官におどりかかった椿三郎が、さっと一歩しりぞいたところを見ると、なんと、警官のピストルを、にぎっているではないか。

「あっ、椿くん！」

「みんな、そこをどきたまえ。命令にしたがわぬとぶっぱなすぞ！」

椿三郎の目は、気ちがいみたいに、きみわるく光っている。一同は思わず、後へしりごみした。警官も腰をさすっておきあがったが、ピストルをとられているので、どうすることもできない。

椿三郎はピストルをかまえたまま、ひらりと、廊下へとびだすと、外からドアをしめて、ガチャリと、かぎをかけた。そして、とぶように階段をかけおりる足音。

「ちくしょう、ちくしょう！」

警官は、やっきとなって、ドアをたたいていたが、急に気がついて、表にむかった窓をひらくと、いましも玄関からとび出した椿三郎が、暗い夜道を風のように走っていく。

それを見ると警官は、窓を乗りこえ、雨樋(あまどい)をつたって下へおりた。

たのは滋である。

杉浦画伯も、それにならってやにわにとび出そうとしたが、その手をとってひきとめ

「杉浦さん、あれをごらんなさい」

「なに、滋くん、なにかあったのか」

「あの、アーム・チェアの中を……」

安楽いすのすわるところを持ちあげて、警官が魔術師の衣装をひっぱり出したことは、さっきもいったが、その安楽いすの中は、秘密の金庫になっているらしく、金色の魔術師のつけひげや鼻めがね、さては赤い星のマークのついたカードなどが、いっぱいはいっているのだ。しかも、そのカードにまじって写真が一まい。

滋が取りあげてみると、なんとそれは花代の姉の、雪子と月江が二人ならんで、うつっている写真ではないか。しかも、裏を見ると赤い星のマークが二つ、それからNo.3、No.4という文字が……。

「あっ、そ、それじゃ椿三郎のやつ、雪子さんや月江さんまで、ねらっているのか」

杉浦画伯は、まっさおになったが、ちょうどそのころのことだった。

池袋にある光風荘というアパートの前に、一台の自動車がとまって、中からとび出したのは、東都劇場の楽屋にはたらいている係員だった。この係員は名まえを古川というのだが、戦争で負傷をしたとやらで、かた足が悪い上に、かた目がつぶれて、なんともいえぬ、きみのわるい顔をしている。

さて古川は、光風荘のようすをよく知っていると見えて、二階へあがると、七号室のドアをたたいた。すると、中からきこえてきたのは、かわいい少女の声。

「どなた？」

「ああ、雪子さんですね。わたし、古川です。ちょっと、ここをあけてください」

「あら、古川さん……？」

と、中からドアをひらいたのは雪子である。月江の心配そうな顔も見える。オリオンの三姉妹といわれる、雪子・月江・花代の三人は、かわいそうなみなしごで、三人きりで、このアパートにすんでいるのだ。

「古川さん、なにかご用？」

「はい、杉浦先生からたのまれてお使いにまいりました。この手紙を見てください」

「あら、先生から……？」

雪子が手紙を読んでみると、花代のいどころがわかったから、古川くんといっしょにくるようにと書いてあった。

「あら、まあ、月江さん、花代ちゃんのいどころがわかったんですって。それで、古川さんを、おむかえによこしてくだすったのよ」

「まあ、うれしい。おねえさま、それでは、すぐにいってみましょう」

大いそぎで身じたくをした二人は、古川につれられて、すぐ自動車で出かけた。

「古川さん、花代ちゃんはどこにいるの」

「いいえ、それはいえません」

「あら、どうして?」

「杉浦先生の命令です。でも、むこうへいけばわかりますよ。もう、すぐです」

光風荘を出てから、どれくらいたっただろうか。雪子も月江も、花代のことに夢中になっていたので、いったいどこを走っているのか、ちっとも気がつかなかったが、やがて自動車がとまったのは、暗い、さびしい町だった。

「さあ、こっちへきてください。早く、早く……」

古川にせきたてられるままに、自動車からとびおりた二人が、つれこまれたのは、まっ暗な洋館の中。

「まあ、なんだかきみがわるいわ。古川さん、杉浦先生や花代ちゃん、どこにいるの」

「しっ、だまって! こっちへついておいでなさい」

古川は懐中電燈を取りだすと、悪い足をひきずりながら、ごとごとと地下室へおりていった。雪子と月江はきみわるそうに顔を見あわせたが、いまさら、逃げだすわけにもいかない。しかたなしに、古川についていくと、やがて案内されたのは、はだか電球のぶらさがった、牢屋(ろうや)のような地下室だった。

「ここで待っていてください。杉浦先生にいって、すぐ花代ちゃんをつれてきます」

古川はへやを出ると、外からドアをしめてしまった。

雪子と月江は、おそろしさときみわるさに、がたがたふるえていたが、それでも古川のことばを信用して、杉浦画伯や花代がくるのを、いまかいまかと待っていた。

しかし、いつまでたっても、だれもやってこないのだ。杉浦画伯や花代はいうまでもなく、古川もそれきりすがたを見せない。

「おねえさま、どうしたのでしょう。ちょっと古川さんをよんでみましょうか」

月江はドアに手をかけたが、そのとたん、まっさおになった。

「あっ、おねえさま、ドアにかぎがかかっている！」

「な、なんですって！」

雪子もまっさおになって、ドンドン、ドアをたたいていたが、そのときだった。

「だれだ、そんなところでさわいでいるのは……？」

ひくい、きみわるい声がきこえたかと思うと、いっぽうの壁に、二十センチ四方ほどの窓がひらいた。そして、そこから顔を出したのは、ああ、なんと、くるったような目をした金色の魔術師ではないか。

金田一耕助の手紙

オリオン三姉妹のすえの妹花代が、芝白金台町のあやしい礼拝堂で、金色の魔術師とともに、けむりのようにきえてしまったこと、さてはまた、その姉の雪子と月江が、なにものかにつれさられて、ゆくえがわからなくなったことは、つぎの日になると、東京じゅうに知れわたって、さあ、大変なさわぎである。

杉浦画伯や立花滋たちは、椿三郎のへやの安楽いすから、雪子と月江の写真を発見すると、すぐさま池袋の光風荘へかけつけたのだが、それは雪子たちが出かけたのと、ほんの一足ちがいだった。

「なんでも自動車でむかえにきたようでしたよ。雪子さんも月江さんも、どこへいくともいわなかったのでわかりませんが、むかえにきたのは、足が悪くかた目のつぶれた男でした」

管理人のことばをきいて、杉浦画伯と滋たちは、思わずはっと、顔を見あわせた。

「杉浦さん、足が悪くて、かた目の男といえば、東都劇場の係員のおじさんでは……？」

「しかし……、しかし……、あの古川がどうして……。管理人さん、すみませんが、ちょっと、二人のへやを見せてもらえませんか」

「さあ、どうぞ。なにか、かわったことでも……？」

管理人に案内されて、雪子たちのへやへはいってみると、とりみだしたゆかの上に一通の手紙が落ちていた。

滋がひろいあげると、それこそ、さっき古川が、持ってきた手紙ではないか。

「あっ、杉浦さん、ここにあなたの手紙が……」

「えっ、ぼくの手紙が……」

杉浦画伯はびっくりして、手紙をとりあげたが、

「ちがう、ちがう。ぼくは、こんな手紙を書いたおぼえはない。ちくしょう、それじゃ、ひょっとすると椿三郎が、古川をつかって、二人をつれだしたのじゃあるまいか」

杉浦画伯は赤くなって、すぐこのことを警察へ知らせた。

そういうわけで、その夜のできごとは、翌日の新聞にでかでかと書きたてられたが、それを読んで、おどろかないものはなかった。

ああ、それでは金色の魔術師というのは、おとぎしばいの人気役者椿三郎だったのか。なるほど、椿三郎なら役者だから、変装はとくいのはずだし、また自分の一座にいるオリオンの三姉妹に目をつけるのも、いかにもありそうなことだった。

そこで警察では、やっきとなって、椿三郎のゆくえをさがしたが、あの芝白金台町のあやしい家をとび出してから、どこへどう逃げたのか、さっぱりゆくえがわからないのだ。いやいや、椿三郎ばかりでなく、足の悪い、かた目の古川も、それっきり、すがたをくらましてしまった。こうして、さわぎはいよいよ大きくなるばかり、新聞では毎日のように、警察のやりかたがてぬるいと攻撃していたが、さて、こちらは滋たちである。

滋たちは、あの事件のあった翌日、すぐくわしい手紙を書いて、関西で静養している、名探偵、金田一耕助に知らせた。すると、それから、一週間ほどたって、金田一耕助から返事がきたが、それにはなんともいえぬ、妙なことが書いてあったのである。

立花滋くん。

きみやきみのお友だち、村上くんや小杉くんの手紙を、わたしはたいへん興味をもって読みました。わたしは、いますぐにも上京して、きみたちのおてつだいをしたい気持ちでいっぱいですが、ざんねんながら、からだがいうことをききません。医者はまだしばらくぜったいに活動してはいけないというのです。

しかし、立花滋くん。

わたしは、このまま、きみたちを、この危険な事件の中に、ほうり出しておくわけにはいきません。そこで、よくよく考えた結果、きみたちに一人のよい相談あいてを、おすすめすることにしました。その人は黒猫先生といって、とてもかわった人物です。黒猫先生というのは、むろんあだ名ですが、だれもその人のほんとうの名まえを知っているものはないのです。しかし、けっしてあやしい人物ではなく、この人よりほかに、きみたちを助けてくれる人はありません。

立花滋くん。

きみたちは、こんどの土曜日の晩の八時ごろ、新宿の三越の前に立っていたまえ。そして、だれでもいい。きみたちに話しかけてきた人があったら、「黒ねこ手びき、白ねこ百ぴき」といってみたまえ。そうすると、その人が、きっときみたちを黒猫先生のところへ案内してくれるだろう。

立花滋くん。
きみたちは、わたしのこの手紙を信用しなければいけません。そして、黒猫先生がどんなにかわった人物でも、けっしておどろいたり、うたがったりしてはなりません。では、黒猫先生にあったら、そのときのようすをまた、くわしく報告してくれたまえ。なお、このことは、ぜったいに、だれにもしゃべらないように。では、きみたちから、よきたよりのくるのを待つ。

金田一耕助

滋たちは、この手紙を見ると、思わず顔を見あわせた。
ああ、黒猫先生とは、いったいなにものだろう。金田一耕助がこんなに信用しているところをみると、よほどえらい人にちがいないが、それにしても、なんとなく、きみのわるいあだ名ではないか。

黒ねこ千びき白ねこ百ぴき

つぎの土曜日になると滋はいうにおよばず、達哉や公平も大はりきりだった。それもそのはず、今夜こそ黒猫先生に会えるのだ。

金田一耕助の手紙によると、黒猫先生というのは、よほどかわった人物らしいのだが、それだけに三人は、好奇心で胸をわくわくさせていた。

さて、その夜、三人は七時ごろ、新宿駅のプラットホームでおちあうと、つれだって駅の正面玄関から出ようとしたが、そのとたん、思わず、ぎょっとして立ちどまった。

駅の出口にある夕刊売り場のポスターに、

「金色の魔術師、犯罪を予告す」

と、そんな文字が、すみくろぐろと、書いてあるではないか。

「どうしたんだろう。うちを出るとき夕刊を見たけれど、金色の魔術師のことなんか、なんにも出てやあしなかったよ」

「それは早い版だからだよ。そのあとで、ニュースがはいったのにちがいない」

滋が夕刊を買ってみると、そこには、つぎのような記事が出ていた。

「ちかごろ世間をさわがせている金色の魔術師より、わが社にあてて次のような投書があった。ひょっとすると、だれかのいたずらかもしれないが、万一、ほんとであるばあいのことを考えて、ここに投書の全文をかかげておくことにする」

と、そういう記事のあとに出ているのは、次のようなおどろくべき予告だった。

金色の
魔術師　**犯罪を予告す**

　わたしは、かねてから七人の少年少女を、悪魔サタンにささげることを宣言した。その宣言は、着々と実をむすんで、すでに一人の少年と、一人の少女が、サタンにささげられた。しかも、いまわたしの手もとには、いけにえとなるべき二人の少女をとらえてある。わたしは、ちかく、これらの少女を、第三、第四のサタンの祭壇にささげるつもりだが、ここに、その日と場所とを予告しておこう。

　第三のいけにえ――きたる火曜日、夜八時、世田谷区三軒茶屋付近の礼拝堂において。

　第四のいけにえ――きたる金曜日、夜八時、京王電車明大前駅付近の礼拝堂において。

　右のとおり予告しておくが、なんぴとも、わたしのこの神聖な儀式を、さまたげることはできないであろう。

金色の魔術師

　ああ、なんというずうずうしいやつだろう。金色の魔術師は、自分の悪事を、まるで神聖なつとめかなにかのように、ほこらしげに広告しているのである。あまりのことに三人は、しばらくことばも出なかったが、

「村上くん、小杉くん、こうなったら、いっときも早く黒猫先生に会う必要がある。黒猫先生はこの広告をどう思っているか……」

「そうだ、そうだ。黒猫先生だって、この夕刊を見ているにちがいない」

　そこで三人は、三越の前へいそいだが、なにしろ土曜日の夜のことだから、あたりは、大変な人どおりである。こんなにたくさん人がとおるのに、はたして目的の人に会えるだろうかと、三人は心配しながら三越のかどに立っていたが、すると、かっきり八時、さっきからプラカードをかかげて、人どおりの中を、いきつもどりつしていたサンドイッチマンが、滋たちのそばに足をとめると、

「今晩は。黒ねこはなんびきでしたかね」

と、なれなれしいことばに、滋たちは、ぎょっと顔を見あわせたが、すぐ気がついて、

「黒ねこ千びき」と、滋が答えると、

「なるほど、それから白ねこは……」

「白ねこ百ぴき」

　と、達哉と公平が言下に答えた。

「ああ、よくできました。それじゃ、人にあやしまれないように、十メートルほどはなれて、ぼくについてきたまえ」

　サンドイッチマンは早口にそれだけいうと、きどったようすで歩いていく。

　なにも知らない人々は、みんなそれを見て、げらげらわらっていた。それというのが、その人はサーカスに出てくるピエロのようなかっこうをしているのである。まっ白にぬった顔いちめん、ハートだのクラブだののかたちを、べたべたとかき、赤い水玉もよう

のだぶだぶ服に、三角形のとんがり帽。それがくねくね腰をひねって、おどるようなかっこうで歩いていくのだから、人々が、げらげらわらうのも無理はなかった。

滋たちは、なんとなく、きみわるく思ったが、それでも、十メートルほどはなれてついていくと、やがてピエロは暗い横町へまがった。そして、それから二、三度、細い路地をまがったかと思うと、やがて立ちどまったのは、見すぼらしい古ビルの前。

ピエロはふりかえってあいずをすると、やがてプラカードをたたんで、入り口の横にある地下室の階段をおりていった。三人が、そのあとからついていったことは、いうまでもない。

地下室は、かなり広くて、まがりくねった廊下の左右には、番号のついたドアがたくさんあった。ところどころに、うす暗いはだか電球が、ぶらさがっていた。なんとなくきみのわるい地下室である。

ピエロはその廊下の、いちばんおくのドアをたたいたが、すると、中からきこえてきたのは、きみのわるい、しゃがれた声。

「だれじゃ、ドアをたたくのは……」

「わたしです。先生、ピエロですよ」

「ピエロが、なんの用事できた」

「先生、わすれちゃこまります。金田一さんからいってきた子ねこを三匹つれてきたんです」

「ああ、そうだっけ。年をとるとわすれっぽくていかん、さあ、おはいり」

声におうじて、ピエロがドアをひらいたが、一目へやの中を見たとたん、滋たちは、思わずそこに立ちすくんでしまった。

黒猫先生のへや

滋たちがおどろいたのも、無理はない。

それは、あなぐらのように、せまいへやで、電気がないのか、うす暗いはだかろうそくが、またたいていたが、そのろうそくの光の中に、ぼんやりと立っているのは、なんと金色の魔術師ではないか。

「あっ、こ、金色の魔術師」

達哉が思わずさけぶと、

「な、なんじゃと。こ、金色の魔術師じゃと、ど、どこに……」

と、金色の魔術師が、びっくりしたように、きょろきょろあたりを見まわすのを見て、ピエロが腹をかかえてわらい出した。

「あっはっは。先生、この少年たちが金色の魔術師というのは、あなたのことですよ」

「なんじゃ、わしが金色の魔術師じゃと……。けしからん、わしがなんで金色の魔術師じゃ」

「だって、先生のみなりをごらんなさい。金色の魔術師にそっくりじゃありませんか」

そういわれてその人は、自分のみなりを見なおしていたが、

「あっはっは、そうか、そうか。これは、わしがわるかった。ごめん、ごめん」

「先生、いったいどうしたんです。なんだって、そんな変ななりをしているんです」

「うん、これはな、ちょっと金色の魔術師のまねをしてみたのじゃ。ところが、そのうちにねむくなって、いねむりをしていたところを、おまえたちにおこされたので、すっかり、自分のみなりのことをわすれていた。ごめんよ、いますぐ洋服を着かえてくるでな」

そういうと、その人は、よたよたと、へやのおくにつくってある、黒いカーテンの中へはいっていった。

滋たちは、思わず顔を見あわせた。

「おじさん、黒猫先生とは、あの人のことですか」

「そうだよ。なにも心配することはないから、まあ、こっちへはいりたまえ」

三人はへやへはいると、きみわるそうにあたりを見まわした。まえにもいったとおり、それは、あなぐらみたいにせまいへやで、中央にまるいテーブル。テーブルをとりまいて、いすが五、六脚。テーブルの上には、ふるぼけた和とじの本に、算木や筮竹。

滋たちは、また顔を見あわせた。

「おじさん、おじさん。黒猫先生は、うらないをなさるのですか」

「そうだよ。黒猫先生は新宿の裏通りに店を出して、人相や手相を見るのが商売だよ」

ピエロはそういって、おかしそうに、くっくっわらっている。三人はがっかりした。

なんだ、それでは、黒猫先生は大道易者だったのか。そんな人が金色の魔術師をむこうにまわして、たたかうことができるだろうか……。

滋たちは、なんだか心細くなってきたが、そこへ、カーテンのおくから出てきたのは黒猫先生。

見ると、羊羹色のフロックを着て、大きな黒めがねをかけ、ごましおの毛をきれいになでつけ、もったいらしく、八字ひげをはやしているが、いかにも貧相な老人で、おまけに、腰がまがって弓のようである。老人は、よたよたといすに腰をおろすと、

「さあ、みんなそこへおかけ、きみたちのことは金田一にきいていたが、今夜はようきたな」

「はい」

滋たちは、いすに腰をおろそうとしたが、そのときだった。いすの上から、

「いたいっ」

という声がきこえたかと思うと、びっくりしてとびあがったのは公平である。

「ど、どうしたの、小杉くん」

「だって、し、滋ちゃん、ねこが、ねこが……」

公平は、青くなってふるえている。

見ると、公平が腰をおろそうとした、いすの上から、のっそりとおきあがったのは、まっ黒なからすねこ。金色の目で公平を見ながら、

「いたいじゃないか、気をつけてくれよ」

と、キーキー声でいうではないか。

「きゃっ」

小杉くんが悲鳴をあげた。滋も達哉も、あまりのきみわるさに、ぞっと背中が寒くなり、思わず手にあせをにぎった。

「これこれ、クロ助。お客さまに、失礼なことをいうものじゃない。さあ、こっちへおいで」

老人によばれて、黒ねこは、のっしのっしとテーブルをわたると、老人の肩にとびあがり、ちょこんと、そこにうずくまった。

「クロ助や、なぜあんなことをいうのだ。お客さまは、おこっていらっしゃるじゃないか」

「だって、先生」

と、黒ねこが、また、キーキー声でいった。

「この子たち、なまいきですよ。先生のことを、あんな、八卦見（はっけみ）に、なにができるもんかと思ってるんですもの」

滋たちは、またぞうっと顔を見あわせた。黒ねこは、口がきけるばかりではなく、人

の腹の中まで、ちゃんとわかるらしいのである。

「あっはっは、まあええ、まあええ。そう思うものは思わせておけ。いまにわしの腕まえがわかったらびっくりするじゃろ」

滋は、きみがわるくてたまらなかったが、それでも、やっと勇気をふるって、

「先生、そのねこは、ほんとに口をきくんですか」

「うっふっふ、見られるとおりじゃ。口をきくばかりか、読心術もこころえていて、ちゃんと、人の心がわかるのじゃ、あっはっは。ときに、きみたちの用事というのは……?」

「はい、あの、先生は今夜の夕刊をごらんになりましたか。金色の魔術師の広告を……」

「おお、見た見た。それでわしは、さっき地図をしらべていたところじゃが……」

と、黒猫先生が、テーブルの上にひろげて見せたのは、東京地図。見ると地図の上には、赤鉛筆でところどころしるしがつけてある。

「よくごらん。ここが吉祥寺(きちじょうじ)で、ここが白金台町(しろがねだいまち)。いままでに魔術師のやつが、いけにえをささげたところじゃな。それから、ここが三軒茶屋(さんげんぢゃや)で、ここが明大前(めいだいまえ)じゃ。これから魔術師がいけにえをささげようとしているところじゃが、きみたち、この四つの場所の関係から、なにか気がついたことはないかな」

滋たちは、いっしんに地図の表についた、四つのマークを見つめていたが、べつにこれといって思いつくこともなかった。

「あっはっは、わからんかの。わからねばそれでよい。それでは、ひとつ出かけようかな」

「えっ、出かけるって、どこへ……」

「金色の魔術師の手品のたねを、きみたちに見せてあげようというのじゃ。これ、クロ助。おまえは、るすばんをするのじゃぞ。ピエロや、自動車のしたくをしておくれ」

黒猫先生は肩から黒ねこをおろすと、よたよたといすから立ちあがった。

きえたランプ

それからまもなく、一同は自動車に乗って、新宿裏の古ビルを出発した。運転台でハンドルをにぎっているのは、ピエロだが、不思議なことには、かれはまだおしろいもおとさず、ピエロの服のままなのである。

滋たちは、きみがわるくてたまらなかった。ものいうねこといい、ピエロといい、それから黒猫先生といい、なんだか、ばけものみたいではないか。金田一耕助の手紙がなかったら、三人は、すたこら逃げだしていたかもしれないのだ。

「先生は、金田一先生をよくごぞんじですか」

自動車の中で、滋がたずねると、

「知ってるとも、あいつは、わしの弟子でな」

「へええ、あなたは金田一先生の先生ですか」

「そうとも。あいつもちかごろ、名探偵だのなんだのといばっとるが、わしの目から見れば、ひよっこみたいなものじゃな」

「先生は、そんなにえらいんですか」

「えらいとも、えらいとも、わしこそ日本一の名探偵じゃよ」

黒猫先生はえらい鼻息である。

「それじゃ先生は、金色の魔術師が、なんのために七人の少年少女を、サタンのいけにえにするのか、ごぞんじですか」

「ふむ、それも大体わかっとる」

「それじゃ、どういうわけですか」

「いや、それはまだいえん。もうすこし相手のようすを見んことには」

「あんなこといってらあ。ほんとは、なにもわかりはしないくせに」

黒猫先生があまりいばるものだから、しゃくにさわって達哉がそういうと、

「こら、わしのような名探偵をばかにすると、ばちがあたるぞ。わしは、なんでも見とおしじゃ」

「それではおじさん、金色の魔術師とはほんとうはだれなの。役者の椿三郎でしょう」

公平がそうたずねると、運転台でピエロが、えへんとせきをした。黒猫先生は、にやにやわらいながら、

「ふむ。まあ、それも、いまはいうまい。そのうちに、魔術師の仮面をはいでやるからな」

「あっはっは、あんなことといって、ほんとは、なにもわからないんだよ」

達哉がせせらわらうと、黒猫先生はすごい目で、ぎろりとにらみつけながら、

「このちんぴらめ。そんなにわしをばかにすると、いまに、きっと後悔するときがくるぞ」

そういう声のきみわるさ。滋たちは、ぞくりと首をちぢめたが、そのときだった。

「ああ、ここでよい。ここでとめておくれ」

と、黒猫先生は自動車をとめると、ステッキをついて、よたよたとおりていった。そのあとから自動車を出て、あたりを見まわした三人は、思わずあっと息をのみこんだ。なんとそこは、このあいだ、金色の魔術師と少女花代が、けむりのようにきえてしまった、白金台町の、あの洋館の前ではないか。

「先生、ここは……」

「しっ、だまって、わしについておいで」

黒猫先生が、ピエロになにかささやくと、自動車は、すぐむこうの横町へきえ去った。

「先生、自動車をかえしてどうするんです」

「なに、かえしたわけじゃない。むこうのまがりかどに待たせてある。あっはっは、なにもびくびくすることはない。こっちへおいで」

さびしい場所に、一軒ぽつんとたった洋館は、今夜も、うすぐもりの空の下にぶきみにそびえている。あたりには人影もなく、いぬの子一ぴきとおらない。黒猫先生はステッキをついて、よたよたと、洋館の中へはいっていった。滋たちは、きみがわるくてたまらないが、いまさら逃げだすのもしゃくだから、あとからついていった。

やがて、このあいだのへやの前へくると、

「立花くん、このへやだったの。魔術師や花代がきえたのは」

「はい、そうです」

「よしよし。それではこれから、どうして魔術師がきえたか見せてあげるから、きみたちはドアの前に立っておいで。きみたち、時計を持っているかな」

「はい、持っています」

「それじゃ、わしが、このへやへはいってから、三分たったらドアをあけてごらん。いいか、それまで、ドアをあけちゃいかんぞ」

黒猫先生はドアをあけて、中へはいっていった。そのときへやをのぞいてみると、そこは、このあいだのとおりで、テーブルの上に、ランプがおいてあった。黒猫先生はランプに火をつけると、

「さあ、ドアをしめるよ。いいか、三分たつまでこのドアをあけちゃいかんよ。そうそう、この懐中電燈をわたしておこう」

と、懐中電燈を滋にわたすと、三人を廊下におし出し、中からドアをしめると、かぎ

あなからのぞかれないように、うちがわにあるカーテンを、ぴったりしめてしまった。

滋たちは、廊下に立って、懐中電燈の光で、腕時計をにらんでいる。

五秒――十秒――二十秒――。

時計の針がすすむにつれて、へやの中からギリギリと、なにやら異様な音がきこえてきた。

それは、歯車のかみあうような音だった。

「滋ちゃん、あ、あの音はなんだろう」

「しっ、だまって」

滋は、じっと耳をすましたが、その物音は、すぐぴったりとやんでしまって、あとは墓場のようなしずけさである。

「立花くん、もう三分たちやしない……？」

「よし」

滋はドアをひらき、さっとカーテンをまくりあげると、懐中電燈の光をへやの中にむけたが、そのとたん、思わずあっと息をのまずにはいられなかった。ああ、なんということだろう。黒猫先生のすがたは、どこにも見えないではないか。

しかも、そのへやは、いつかもいったとおり、窓というものがひとつもなく、いま三人が見はっていたドアのほかには、どこにも、ぬけ出すようなところはないのだ。

三人はあっけにとられて、へやの中を見まわしたが、いすといい、テーブルといい、さっきドアをしめたときと、そのままである。

ただちがっているのは、テーブルの上にあるランプだ。黒猫先生は、さっきたしかにそのランプに火をつけたはずなのに、いまは、それがきえていた。しかも、不思議なことには、いったん火をつけたランプをけすと、油煙のにおいがするはずなのに、それがちっともにおわないのである。

ああ、それにしても、あのきみのわるい黒猫先生は、いったい、どこへきえてしまったのだろうか。

黒猫先生の明察

三人はあっけにとられて、へやの中を見まわしていたが、なにに気がついたのか、滋が、ぎょっとしたようにさけんだ。

「あ、ちがう。これは、さっきのへやではない」

「えっ、さっきのへやではないって?」

「そうだよ、村上くん。だって、このランプを見たまえ。このランプには、さっき、火がついていたね。ランプの火をふきけすと、油煙のにおいがするものだ。ところがこのへやには、ちっとも、においがしていないじゃないか」

「しかし、しかし、滋ちゃん。それはどういう意味なの。ぼくにはわけがわからない」

「小杉くん、ぼくにだってわからないよ。しかし、きっとこの家には、そっくり同じつくりのへやが二つあるんだ。そして、それが、いれかわれるようにできているんだ」

「へやが、いれかわるんだって？」

達哉と公平は目をまるくしている。

「そうだ、それよりほかに考えようがない。さっき黒猫先生のいたへやは、どこかへいって、そのかわり、このへやがやってきたんだ。あっ、ひょっとすると……」

滋が、はっと、天井を見あげたとき、突然頭の上の二階から、黒猫先生の、うれしそうなわらい声がきこえてきた。

「あっはっは、滋や、おまえは、金田一の弟子だから、わしにとっては孫弟子じゃ。だから、これから、滋とよびつけにするが、さすがに金田一のおしこみだけあって、おまえはなかなか頭がよい。よう、それに気がついたな。さあ、みんな、廊下へ出ておいで。そしてこんどは、ドアもカーテンもあけっぱなしにしたまま、へやの中をよく見ているのじゃ」

「村上くん、小杉くん、出よう」

びっくりして、はとが豆鉄砲（まめでっぽう）をくらったように、目をぱちくりさせている二人の手をとり、滋が廊下へとび出すと、それからまもなく、世にも不思議なことがおこったのである。

三人の目の前にあるへやが、しだいに下へしずんでいくと、そのかわり上のほうから、もう一つのへやが、おりてくるではないか。そして、上のへやに立っている黒猫先生のすがたが、足のほうから見えてきた。

「あっ、エレベーターだ」

達哉と公平は、手にあせをにぎっている。

「そうだ、二階つきのエレベーターだ。そして上にも下にも、そっくり同じつくりのへやが、ついているんだ」

やがて二階のへやが一同の前にとまると、そこには、あかあかとついたランプのそばに、黒猫先生が、にこにこわらっているのだった。

「あっはっは、下のへやのランプに、火をつけるひまがなかったので、まんまと滋に見やぶられたわい。だが、これでわかったろう。金色の魔術師と花代のきえたわけが……」

「わかりました、わかりました。それじゃ、あのときぼくたちが、おまわりさんをよびにいってるあいだに、金色の魔術師はエレベーターで、へやごと二階へあがっていったんですね」

「そうだよ、村上くん」

「しかし、あのとき花代ちゃんの衣装が、いすにしばりつけてあったのは……」

公平は、まだ納得のいかぬ顔色である。

「それはね、小杉くん。花代ちゃんの着ていた衣装やくつと、そっくり同じものが、あらかじめ下のへやに用意してあったんだ。金色の魔術師と、花代ちゃんが、エレベーターで二階へあがると、あとから下のへやがあがってくる。そのへやのいすには、花代ちゃんの着ていた衣装と、そっくりおなじ衣装がしばりつけてあり、前には、くつがおいてあったんだ。それで、いかにも花代ちゃんが、いすにしばられたまま、きえたように見えたんだよ」

「あっはっは。そうだ、そうだ、滋のいうとおりだ。ほら、ここをごらん」

と、黒猫先生が指さしたのは、虫めがねでさがさねばわからぬほどの、小さなかくしボタンだった。

「これをおすと、へやが上へあがったり、下へさがったりするのだ。おや、だれかきた」

黒猫先生の顔色が、にわかに、さっとかわった。どこかで自動車のサイレンが、意味ありげに鳴っている。それをきくと、黒猫先生は、ひらりと、へやからとび出した。

「滋、あのサイレンのあいずでは、わしの会ってはならぬ人間がきたらしい。わしは、まだだれにも会いたくない。しばらくおまえたちのかげにかくれて、活躍したいのだ。今夜はこのままますがたをかくす。用事があったら、あの古ビルへこい。わしがおらんでも、黒ねこ千びき白ねこ百ぴきのあいことばを知っていたら、だれもおまえたちに危害を加えやあせん。それから、このエレベーターの秘密は、おまえたちが自分で発見したことにしとけ。けっしてわしのことをいっちゃならんぞ」

それだけいうと黒猫先生、老人とは思えぬほどの身がるさで、裏口からとび出したが、それと同時に、表に自動車がとまったかと思うと、中からおりてきたのは等々力(とどろき)警部と杉浦画伯。刑事も二、三人ついていた。

一同は滋たちを見ると、ぎょっとして、

「だれだ、そこにいるのは。……おや、きみは立花くんじゃないか。きみたちは、こんなところでなにをしているんだ」

滋は、達哉や公平に目くばせすると、わざと息をはずませて、

「あっ、警部さん。ぼくたち金色の魔術師がどうしてきえたか、その秘密をさぐりにきたんですよ」

「ぼくたち、その秘密を発見しましたよ」

「エレベーターですよ、二階つきのエレベーターですよ。このへやは、エレベーターになっているんですよ」

口々にさけぶ少年たちのことばをきいて、一同は、びっくりして目をまるくした。

じつは杉浦画伯もそのことに気がついて、今夜警部をさそって、この家をしらべにきたのだそうだが、一足ちがいで、少年たちに先をこされたというわけだった。

七星館

それにしても、なんという奇抜な思いつきだろう。エレベーターじかけの二つのへや。同じかざりつけの二つのへや。それをたくみに応用して、金色の魔術師はきえたのだ。

いや、きえたように見せかけたのである。

しかも、その秘密を見やぶったのが、三人の少年だというのだから、世間の人はおどろいた。あっと、どぎもをぬかれてしまった。そして三少年は、にわかに有名になった。

しかし、ほんとうをいうと、あの秘密を見やぶったのは黒猫先生なのだから、三少年は人からほめられると、あながあったらはいりたいような、はずかしさをかんじた。しかし、黒猫先生との約束があるから、ほんとのことはいえない。心ぐるしくても三少年は、名探偵を気どっていたのである。

それはさておき、気になるのは、金色の魔術師に誘拐(ゆうかい)された、雪子と月江の運命である。魔術師の予告によると、二人は火曜日と金曜日の夜八時、三軒茶屋と明大前の礼拝堂で、金色の魔術師のために、サタンにささげられることになっているのだ。

警察ではもちろん、その付近を、厳重にしらべてみたが、あやしい礼拝堂など、どこにも発見することはできなかったのだ。だから、結局、その日のくるのを、待っているよりほかにしかたがなかったのだが、さて、いよいよその火曜日のこと。

「滋ちゃん、いよいよ今夜だね」

「うん、今夜だ」

「それで、立花くん、どうする。ぼくたち、なにもしないで、ぼんやりしてていいかしら」

「なにかするって、礼拝堂がどこにあるのかわからないんだから、しかたがないや。三軒茶屋といったところで広いからね」

公平が、つまらなそうにいった。しかし、滋はなにか考えがあるらしく、

「それもそうだけど、ねえ、小杉くん、村上くん。ぼくは今夜、黒猫先生のところへいってみようかと思うんだよ。あの人なら、なにか、見当がついているかもしれないからね」

「あっ、そうだ。先生なら、いっぺんにエレベーターの秘密を見やぶったくらいだもの。今夜のことだって、見当がついているにちがいない」

「よし、それじゃ、今夜六時、このあいだみたいに新宿駅でおちあおうじゃないか」

学校で、そんな相談をきめたが、しかし、実際三人は、その夜、黒猫先生の古ビルへ出むく必要はなかったのだった。

それというのが、学校がひけて、三人そろって新宿の通りへくると、ああ、なんと、むこうからやってきたのはあのピエロである。

「あっ、立花くん」

「だまっていたまえ。ひょっとすると、ぼくたちに用があるのかもしれないよ」

ピエロは、きょうも広告のプラカードをかついで、そろりそろりと歩いてくる。そして、道いく人に広告びらをわたしているのだ。やがてピエロは、滋たちのそばへきた。そして、すました顔で、三人に一まいずつびらをわたすと、そのまま、そろりそろりと歩いていく。達哉はびらを見ると、

「なんだ、これ、雑貨店の広告じゃないか」

と、あてがはずれて、つまらなそうにいった。滋はおどろいたように、

「雑貨店の広告……。小杉くんのもそうかい」

「ああ、ぼくのも、村上くんと同じだよ。滋ちゃんのはちがうの？」

滋はだまって、二人にびらを見せた。

三人は、あっと顔を見あわせた。達哉はあたりを見まわし、声をひそめて、

「滋ちゃん、これだよ、これだよ。黒猫先生が、ぼくたちにおしえてくださったのだよ」

「ぼくもそう思う。場所も三軒茶屋だしね」

「よし、それじゃ今夜三人で、七星館というのへ、いってみようじゃないか」

こうして場所がわかったので、三人は勇気りんりん、その晩三軒茶屋へ出むいていくと、七星館はすぐにわかった。なるほど、できあがったばかりとみえて、まだあたらしい建物の屋上には、星のかたちのネオンがまたたいている。正面には花輪がいっぱい。

滋は切符を買おうとして、窓口へお金を出したが、そのとたん、売り場の中から、あっと、ひくいさけび声。滋がびっくりして、中をのぞくと、なんとそこには、等々力警部と杉浦画伯がいるではないか。

滋は、思わず声をたてそうにするのを、

「しっ、だまって、切符を買ったら、なかへはいって、売り場のうしろからはいってきたまえ」

「はい」

滋は、まるでいたずらを見つけられた子どものように、まっかになりながら、売り場の窓口をはなれたが、そのとたん、また声をたてそうになった。滋のあとからやってきて、売り場の前に立ったのは、まぎれもなく黒猫先生。黒猫先生は、けろりとして切符を買うと、すたすた、中へはいっていった。

滋たちは、そっとうなずきあいながら、売り場の中へはいっていったが、見ると、警部も杉浦画伯も、うたがわしそうな顔色である。

「どうもけしからんな。きみたちは、どうして、ここを知っているのだ」

「ここを知ってるって、警部さん、それでは、この映画館がどうかしたのですか」

滋が、しらばくれると、達哉も、そらとぼけて、

「ぼくたち、ここをとおりかかると、まえから見たいと思っていた映画がかかっているので、ちょっと見ていこうと……。ねえ、小杉くん」

「ええ、そうですよ、警部。ぼくたち、映画を見ちゃいけないのですか」

おとなを……、ことに警部のような人をだますのは、よくないことだ。しかし、黒猫先生に口どめされているのだから、ほんとうのことをいうわけにはいかないのである。

杉浦画伯も、うたがわしそうに、

「どうもへんだね。きみたちは……。このあいだのエレベーターのことといい、だれか、きみたちのうしろについている人があるんじゃない?」

「そんなことはありません。だけど警部さん、あなたどうして、ここへきてるんですか」

「じつはね、きょう警視庁へ投書がきて、椿三郎……。ほら、役者の椿三郎さ、あいつが今夜、ここへくるというんだよ。それで、ここで見はっているんだが……。まあ、いい。きみたちは、中へはいりたまえ。そのかわり椿三郎を見つけたら、すぐ知らせてくれるんだぜ」

チューリップの女王

見物席は大入り満員だった。ちょうど休憩時間で電気がついていたので、三人はあたりを見まわしたが、黒猫先生はどこにいるのかすがたが見えない。三人は、やっと席を見つけておちついたが、すると、突然、達哉が、ふるえる声でささやいた。

「ねえ、立花くん、ぼく、大変なことを思いついたよ」

「大変なことって、なに」

滋がふりかえると、達哉の顔はまっさおだった。

「今夜、ここへ椿三郎がくるというんだろ。そして、げんに黒猫先生がきてるだろ。だから、ひょっとすると、黒猫先生というのは、椿三郎の変装じゃあるまいか。そして、椿三郎こそ、やっぱり金色の魔術師じゃないかと……」

「そ、そんなばかな。だって黒猫先生は、金田一先生が紹介してこられたんだぜ」

「うん、だけど、金田一先生の紹介してきた黒猫先生が、あのおじいさんかどうか、わからないじゃないか。ぼくたち黒猫先生を知らないんだもの……」

「だって、村上くん、黒猫先生の部下のピエロは、金田一先生の手紙にあった、黒ねこ千びきのあいことばをちゃんと知っていたじゃないか。それに、あの手紙は金田一先生の筆跡にまちがいなかったんだから」

「だけど、それはだれかが、たとえば金色の魔術師か、その部下が、手紙をぬすみ読みしたのかもしれないじゃないか」

「そ、そ、そんなばかな」

「だってさ、立花くん、考えてみたまえ。金色の魔術師にとっていちばんこわい相手は金田一先生だろ。そして、きみが金田一先生の弟子だぐらいのことは、魔術師だって知ってるにちがいないよ。だから、きみのところへくる手紙に気をつけていて、金田一先生の手紙があったら、かたっぱしから、ぬすみ読みしてるかもしれないよ。金色の魔術師にとっては、そんなこと、きっと、へいちゃらだと思うんだ」

ああ、うたがえば、うたがいのたねは、どこにでもあるものだ。達哉にそういわれると、滋もしだいに不安になってきた。達哉のいうとおり、だれも、黒猫先生を知らないのだから、にせものがやってきて、おれが黒猫先生だといばっても、うそだということはわからないわけである。

達哉も心配になってきたとみえて、がたがたとからだをふるわせながら、

「そういえば、あのエレベーターのことね、あれなんかも、あんまりうまく、わかりすぎたじゃないか。警察でしらべてもわからないことを、ちゃんと知っててさ。あんなにうまく探偵するのは、金田一先生みたいな名探偵か、それとも、あいつが金色の魔術師か……」

「そうだ、そうだ。それにあのとき警部さんがきたら、すたこら逃げだしたじゃないか。あれは自動車のサイレンが、警部さんがきたと、あいずをしたんだ。ねえ立花くん、ひょっとすると、ぼくたちは、金色の魔術師の手さきにつかわれているのかもしれないぜ」

そういわれると、滋も、なんだか、きみがわるくなってきた。

「滋ちゃん、滋ちゃん。ぼく、口をきいたりするねこなんてかってる人、はじめからきらいだと思ってたんだよ。さいわい、むこうに警部さんがきてるから、このことといっちまったらどう？」

公平は、いまにもなきだしそうである。

「うん、でも、ぼく……」

滋も、二人のことばに、だんだんひきずりこまれていったが、それでもまだ、決心がつかぬまに、けたたましくベルが鳴って、ぱっと電気がきえた。

そこで警部につげるのは、こんど電気がついてからということになったが、ひょっとすると三人は、そのために、だいじなチャンスをうしなうことになるのではないだろうか。

それはさておき、電気がきえて、カーテンが、するするとあがったので、映画がはじまるのかと思っていると、そうではなくて、映画の前に、おどりが一つあるのだった。

題して「チューリップの女王」

カーテンがあがると、舞台いちめんにチューリップの花。むろん、みんなこしらえものので、いちばん小さいのでも、フットボールぐらいあり、大きなのになると、すっぽり、人がはいれるぐらい。そして、その舞台をてらしているのは、目がいたくなるほど強烈な赤い光線。

やがて、ゆるやかな音楽につれて、チューリップがしずかにひらいたが、それが、ぱっとひらいてしまうと、いちばん大きな花の中から、ふわりとおどり子がとび出した。これがチューリップの女王なのだろう。女王は、ぴったりはだについた、肉じゅばんを着ているので、まるではだかみたいだ。肉じゅばんは、あい色かなにからしく、それが赤い光線の中では、こいむらさき色に見える。不思議なことには、女王は、顔までおなじ色にぬっているのと見えて、全身がただむらさきの一色。からだつきから見ると、まだ十四、五歳の少女のようだった。

女王は音楽にあわせておどるのだが、妙なことには、そのおどりかたは、夢遊病者が散歩してるみたいで、ちっとも音楽にあわない。見物席のあちこちから、へたくそ、やめろ、というような声がきこえた。

滋は、ふっとあやしい胸さわぎをかんじた。腕にはめた夜光時計を見ると、八時ジャストである。

と、そのときだった。見物席の中から、とつぜん、けたたましいさけび声がきこえたのだ。

「ああ、きえる、きえる。あのおどり子のからだがきえてゆく」

滋が、ぎょっとして舞台を見ると、ああ、なんということだろう。おどり子の足のほうから、しだいにきえていくではないか。足からもも、ももから腹、腹から胸と、まるでとけるようにきえていったかと思うと、最後にのこったのは、宙に浮く首。

「きゃっ」

見物席で、だれかが悲鳴をあげた。と、そのとたん、いままで、むらさき色だった顔が、まるで皮でもむくように、ぺろりと、うす白くなったが、その顔を一目見て、

「あっ、雪子さんだ」滋たちは、いっせいに立ちあがったが、そのとたん、雪子の首も、ふっと赤い光線の中にきえていったのである。

墓地の怪

滋(しげる)の推理

金色(こんじき)の魔術師の第三のいけにえ少女雪子は、七星館の舞台の上で、赤い光線につつまれて、霧のようにきえてしまった。

それを眼前に見ていた、立花滋(たちばなしげる)や、村上・小杉三少年のおどろき――。

「ああ、きえていく。雪子さんがきえてしまった。金色の魔術師だ、金色の魔術師だ」

小杉キンピラ少年が、夢中でさけんだからたまらない。それまではおどり子のきえていくのを、奇術かなにかであろうと、なにげなく見物していた人たちも、はじめて、ここが魔術師の広告に出ていた第三の礼拝堂(れいはいどう)だったのかと気がついて、わっと総立ちになると、場内は上を下への大騒動(おおそうどう)。

三少年は、その人ごみにまきこまれて、まごまごしながら、やっきとなって黒猫(くろねこ)先生や警部のすがたをさがしたが、なにしろひどい混雑で、どこへいったかわからない。

それでも、ものの五分もすると、見物はあらかた外へ逃げだしたので、三人はやっと一息ついたが、ふと見ると、そのとき警部が、つかつかと舞台の上へ出てきた。警部のそばには私服の刑事や七星館の人たちが、おおぜいついている。三人もそれを見ると舞台のほうへ走っていった。そのじぶんには、もう赤い光線はきえていて、普通の電燈の光の中に、こしらえもののチューリップが、しらじらしく見えていた。

「ああ、警部さん、雪子さんが……きえてしまいました」

三人のなかでは、いちばん気のよわい公平は、もう半分なきだしそうな声だった。

「ああ、きみたち、まだここにいたのか。まあ、こっちへあがりたまえ」

「はい」

滋は舞台へあがると、きょろきょろあたりを見まわしながら、

「警部さん、杉浦さんは……」

「杉浦くんは人ごみにまきこまれて、外へおし出されたのだろう。どこにもすがたが見えないのだよ」

しかし、すがたが見えないのは、杉浦画伯ばかりではない。あの黒猫先生も、どこかへすがたをけしてしまったのである。

滋はなんとなく、あやしい胸さわぎをかんじたが、警部がその顔を見まもりながら、

「立花くん、きみは白金台町の洋館の、エレベーターの秘密を見やぶったぐらいだから、今夜のこともわかりゃしないか。雪子くんが、どうしてきえたのかということを……」

そういわれると、滋は赤くなって、

「はい、あの、わかるような気がしますが……」

「なに、わかる？　じゃ、どうしてきえたのかね。ぼくにおしえてくれたまえ」

「はい、雪子さんは青い肉じゅばんを着て、顔も青くぬっていたのです。だから、赤い光線の中で全身がむらさき色に見えました。ところがおどっているうちに、足のほうから肉じゅばんをぬいでいったのです。雪子さんは青い肉じゅばんの下に、赤い肉じゅばんを着ていたのにちがいありません。赤い光線の中で赤い肉じゅばん、しかも、光線のほうが強かったものだから、雪子さんのすがたは、見物から見えなくなってしまったのです」

「しかし、あの顔は……？　いったん、うす白くなって、それからきえたのは……？」

「ああ、あれ……あれは雪子さんが青い化粧(けしょう)をおとしたからです。それで白く見えたのですが、そのときだれかが、うしろから、赤いきれをかけて、顔をかくしてしまったのです」

「しかし、あの舞台には雪子くんのほかに、だれもいやあしなかったじゃないか」

「いいえ、だれかいたんです。しかし、そいつも全身を、赤い色でつつんでいたので、見物には見えなかったんです」

警部は、だまって考えていたが、

「しかし、立花くん、雪子が自分で肉じゅばんをぬいだとすると、あの子は、金色の魔術師の手さきになって、見物をおどろかせるために、しばいをしていたのかね」

「そうなんです。しかし、それは雪子さんの意志ではないと思います。警部さんもさっきのおどりを見たでしょう。まるで、夢遊病者みたいな……。あれはきっと、催眠術をかけられていたのにちがいありません。雪子さんは魔術師に、催眠術をかけられて、あやつり人形みたいに、あやつられていたのです」

「あっ！」というおどろきの声が、一同のくちびるからもれた。なるほど、それで、さっきの、へんてこなおどりのわけもわかるというものだった。

「しかし、それにしても魔術師は、雪子をどこへつれていったのだろう。楽屋では、だれもすがたを見たものはないのだが……」

　滋はだまって考えていたが、急に、いきいきと目をかがやかせると、

「あっ、警部さん、ひょっとすると、そのチューリップでは……。つぼんだ花弁のあいだから、なにやら、きれがのぞいています」

　なるほど、滋のいうとおり、さっき雪子がとび出した、あの大チューリップは、いま、つぼんでいるのだが、そのあいだから、赤いきれがのぞいているではないか。

　警部はいきなり、そのチューリップにとびついて、張り子の花弁をいじっていたが、なに思ったのか、ううんとうなると、花ごとわきへおしのけた。すると、そのとたん、一同のくちびるから、またおどろきの声がもれたのである。

　なんと花の下には舞台の板に、丸い切りあながあいていて、そこからのぞくと、まっ暗なあなの中に、はしごがかけてあるではないか。ああ、もうまちがいはない。金色の魔術師はこのぬけあなから雪子をつれだしたのだ。

一同はしばらく、きみわるそうにぬけあなの中をのぞいていたが、やがて警部が、決心のいろをうかべて、

「よし、はいってみよう。おい、きみときみは、ここにのこって、なお館内をくわしくしらべてくれ。きみときみは、ぼくについてきてくれたまえ」

「はっ」

警部はきびきびと部下の刑事にさしずをあたえると、みずから、いちばんに、はしごに足をかけた。

「警部さん、ぼくたちもいっちゃいけませんか」

「よし、きたまえ」

警部のゆるしがあったので、三少年も刑事のあとから、ぬけあなの中へもぐりこんだ。

舞台の下はまっ暗だったが、七星館はまだ、できたばかりなので、それほど不潔ではない。先頭に立った等々力警部は、やがて地面へおり立つと、懐中電燈の光でそこらをしらべていたが、やがて、

「あった、あった。ここに足あとがついている」

と、うれしそうにさけんだ。

舞台の下はやわらかな土なのだが、そこにくっきり足あとがついていた。その足あとは、はしごの根もとから、舞台下のおくへつづいているのだ。滋はその足あとを見て、

「あっ、警部さん、この足あとは、びっこですよ」

なるほど、そういわれてみると、いっぽうのくつあとは、くっきりとふかく、いっぽうのくつあとは、やんわりとあさかった。

かた足の不自由な人間の足あと――、ああ、それでは今夜、雪子をつれだしたのは、いつか雪子と月江を光風荘からつれだした、あの係員の古川なのだろうか。

しかし、古川にしろ、金色の魔術師にしろ、かれらはいったい、なにをたくらんでいるのだろうか。いったん、雪子や月江を誘拐しながら、また、こんなところへつれだして、おおぜいの見物の前でけしてみせるのは、いったい、なんのためだろう。ただ、たんに、人さわがせな、いたずらをして、よろこんでいるのだろうか。それともほかに、なにか目的があるのではあるまいか。

それはさておき、一同が足あとをつたっていくと、まもなくそれはふっつりと、舞台下のすみっこできえている。

「おや?」

と、警部は首をかしげながら、懐中電燈の光で、あたりをしらべていたが、ふと目についたのは、マンホールのふたのような鉄板である。警部がふんでみると、はたして下はがらんどうらしく、にぶい反響がした。

「よし、そのふたを取ってみろ」

刑事がふたをのけると、まっ暗なあなの底から、さっとふきあげてくるつめたい風。そのあながどこかへぬけている証拠だ。

「よし、はいってみよう。こんどこそ、どこかへぬけられるにちがいない」

あなの中には垂直に、がんじょうな鉄ばしごがついていた。決然として、その鉄ばしごをおりていく警部につづいて、二人の刑事や三少年が、おりていったことはいうまでもない。

あなのふかさは六メートルばかり、その底には、はたして横あなが走っていた。その横あなは、やっと人一人、はって歩けるくらいの、せまいじめじめしたトンネルだったが、見ると、しめったトンネルの底に、なにかをひきずったようなあとがついていた。おそらく、足の悪い古川が、催眠術をかけられた雪子のからだをひきずっていったのだろう。

横あなの長さは五十メートルあまり、やがて、ばったりゆきづまりになったかと思うと、そこに、たてあながほってあり、そこにも、がんじょうな鉄ばしごがついていた。一同が上をあおいでみると、はるかかなたに、きらきらと光っているのは星らしい。

「あっ、警部さん、このぬけあなは、どこかの野天へ出るようになっているんですね」

「うむ、そうらしい。とにかくのぼろう」

鉄ばしごをのぼって、ぬけあなから外へとび出した一同は、あたりのけしきを見まわして、思わずあっと目をみはった。

なんと、そこは墓地だった。雲間がくれの星明かりの中に大小さまざまな墓石が、にょきにょき立っているきみわるさ。そして、一同がいまぬけ出してきたのは、その墓地のすみにある、草にうずもれた古井戸だった。

あたりを見ると、墓地のまわりには、ずらりと土塀をめぐらしてあるが、寺はどこにも見えない。空襲でやけおちたまま、まだ再建ができていないのだ。なるほど、秘密に出入りするには、おあつらえむきの場所だった。

それにしても、足の悪い古川は、ここから雪子を、どこへつれていったのか。……と、一同があたりを見まわしているときだった。

「あっ、け、警部さん。あんなところに、だれやら人が……」

そうさけんだのは公平だ。もうぶるぶるとふるえている。

「えっ、人……？　ど、どこに……」

「む、むこうの木の下です。ほら、おばけが、からかさをひらいたみたいな木の下に……」

なるほど、見れば墓地のすみに、なんの木か大きくえだをはりひろげていたが、そのえだの下に、たしかに人らしい影がうごいている。

しかし、ああ、いったいどうしたのだろう。その人影は、風がふくたびに、妙に、ぶらぶらゆれるのである。

「あっ、首つり!……」

達哉がさけんだときだった。もはや一同は、ばらばらと、そのほうへかけだしていた。

「だれか、そこにいるのは……」

警部がさっと懐中電燈をむけると、むむ……と、くるしそうなうめき声。見ると、なんとそれは杉浦画伯ではないか。しかも杉浦画伯は、目かくしをされ、さるぐつわをはめられたうえに、がんじがらめにしばられて、木のえだからぶらさげられているのだ。

「あっ、杉浦さん、あんた、どうしてこんなところに……」

一同が、いそいで杉浦画伯をえだからおろし、いましめをとき、さるぐつわをはずすと、画伯はくやしそうに歯ぎしりしながら、

「じじいです。よぼよぼのじじいです。小がらで貧相で、腰が弓のようにまがった、しらがのじじいです。羊羹（ようかん）色のフロックを着て、黒めがねをかけ、八字ひげをはやしていて……。それでいて、そいつ、ものすごく力が強いのです。ぼくをしばって目かくしをして、さるぐつわをかませて……。きっとあいつが金色の魔術師です」

と、杉浦画伯がじだんだふみながら、さけぶことばをきいて、滋たちは思わず顔を見あわせた。

羊羹色のフロックに、八字ひげ、黒めがねをかけた、小がらで貧相な怪老人。ああ、なんと、それは、黒猫先生ではないか。

杉浦画伯が、なおも、くやしそうに、歯ぎしりしながらかたるところによると、こう

だった。

杉浦画伯は今夜七星館へいく途中、この墓地のそばをとおりすぎた。そして、なんとなくあやしく思われたので、七星館の舞台であのさわぎがおこると、すぐにそこをとび出して、この墓地へきてみたのだ。すると、塀の外にあかりをけした無人の自動車がとまっていた。杉浦画伯は、いよいよあやしんで、そっと墓地へはいってみると、古井戸のそばに、あやしい人影が、うごめいていた。

杉浦画伯は知らなかったが、その人影こそ、黒猫先生だったのである。

「だれか！」

杉浦画伯が声をかけると、黒猫先生は、いきなり画伯にとびかかってきた。意外なことには、あんなよぼよぼのくせに、黒猫先生は、とても力が強いのだ。

またたくまに、杉浦画伯をしばりあげ、目かくしとさるぐつわをしたうえ、木のえだにぶらさげてしまった。

「それですから、それからのちのことは、見ることはできませんでしたが、たしかにだれかが古井戸から出てきました。そして、自動車に乗ってたちさったのです」

「そのとき、井戸から出てきたやつと、あんたをしばりあげた怪老人と、なにか話をしていましたか」

「いいえ、話し声はきこえませんでした。怪老人はぼくをしばりあげると、すぐ自動車のほうへいったようでした。きっと自動車の中で、なかまのくるのを待っていたのでしょう」

滋たちはそれをきくと、青い顔をして、またそっと顔を見あわせた。ああ、それではいよいよ黒猫先生こそ、金色の魔術師だったのだろうか。

小杉少年あやうし

三軒茶屋の七星館で、金色の魔術師が第三のいけにえを、サタンの祭壇にささげたというわさは、すぐさま東京じゅうに知れわたって、全都大さわぎになった。

等々力警部はあれからすぐに、七星館にひきかえし、館主や、そのほかの人たちをしらべてみたが、だれも、あんなぬけあなのあることを、知っているものはなかったのだ。それに、あのぬけあなをしらべてみると、それは近ごろほったものではなく、ずっとまえからあったものらしいことがわかった。

ひょっとすると、七星館のたっているところに、むかし、赤星博士の礼拝堂があったのではあるまいか。そして、そこからあの墓地へぬけあながほってあったのではないだろうか。しかし、それが戦災でやけてしまったあとへ、なにも知らずに、七星館をたてたのだろう。それが、あんなマンホールがあれば、だれかが気がつくはずだから、七星館のたてあなは、いったんうめてあったのを、工事中にだれかが、ほりなおしたのだろう。それは、きっと金色の魔術師のなかまにちがいない。

七星館の主人は、なおもあのおどり子のことについてしらべられた。ところが、あとでわかったところによると、七星館でやとったおどり子は、その夜、七星館へくる途中で、あやしい老人に、ねむり薬をかがされて、渋谷駅のベンチでねむりこけていたのだ。つまり、金色の魔術師は、ほんもののおどり子をねむらせておいて、その身がわりに雪子を使い、あんなへんてこな人さわがせを演じたというわけである。

さて、いっぽう、滋や村上・小杉の三少年だが、この三人も、警部から、きびしいしらべをうけた。達哉と公平は、そのとき、よっぽど黒猫先生のことを、うちあけようかと思ったのだが、滋の目くばせによって、思いとどまったのだ。そして、あくまで、偶然七星館の表をとおりかかって、はいる気になっただけだと、がんばった。

警部は、三人の強情なのにあきれていたが、それでもなにか思うところがあったらしく、そのままゆるしてくれた。

「立花くん、きみはどうして黒猫先生のことを、警部さんにいわなかったの。ぼくは黒猫先生こそ、金色の魔術師だと思うんだがなあ」

「そうだ、そうだ。杉浦さんの話をきけば、もうそれにまちがいないよ。滋ちゃんは、どうして黒猫先生を、そんなにかばうのかなあ」

村上・小杉の二少年は不平らしい顔色である。

「いや、村上くん、小杉くん。もうすこし待ってくれたまえ。ぼくたち、黒猫先生に、けっしてあの人のことは、うちあけないと約束したのだから、あの人が悪人だと、もうすこしはっきりわかるまでは、約束をまもらねばならないよ」

「ふうむ、それで、これからどうするの」

「ぼくたち、いっときも早く、あの古ビルへいって、黒猫先生に会う必要があると思うんだが、しかし、今夜やあしたは、だめだね」

「どうして？」

「だって、村上くん、小杉くん。警部さんがどうしてあんなにあっさり、ぼくたちをゆるしてくれたと思う？　警部さんはね、きっとぼくたちに、尾行をつけるつもりなんだよ。そして、ぼくたちのうしろに、どういう人物がついているか、さぐりだそうとしているんだよ」

「尾行……？」

村上・小杉の二少年が、きみわるそうにうしろをふりかえろうとするのを、

「しっ、うしろを見ちゃいけない。それでは今夜はこれでわかれよう。そしてね、金曜日には第四のいけにえが、明大前でサタンにささげられるはずだから、その前の日、木曜日の晩、六時にまた、新宿のプラットホームでおちあおう。そして、いっしょに、黒猫先生のところへいこうじゃないか。だけど、気をつけたまえ、刑事さんの尾行に……」

そうして、その晩はわかれたが、さて、木曜日の夜のこと。

いつも待ちあわせるプラットホームへ、いちばんについたのは、小杉キンピラ少年だった。時間を見ると、六時五分まえ。滋も達哉も、時間の正確な少年だから、いまにき

っとやってくるにちがいないと、電車がつくごとに公平は、そのほうへ気をくばっていたが、そのとき、うしろからそっと肩に手をおいたものがある。

公平はなにげなくふりかえって、そのとたん、恐怖のために舌の根がこわばってしまった。頭のまん中で左右にわけて、肩までたらした長い髪の毛、やりのように、先のとがったあごひげ、細く長い顔、わしのくちばしのような鼻、鼻めがねをかけたけわしい目。……ああ、金色の魔術師だ。赤星博士なのである。

公平はなにかさけぼうとした。しかし、さけぶことができない。全身が金しばりにあったように、身うごきができず、おそろしい金色の魔術師の目から、ひとみをそらすこともできないのだ。

魔術師は、上からのしかかるようにして、公平の目をじっと見つめていたが、やがてにやりときみのわるい微笑をうかべると、

「あっはっは、きみはいい子だ。いい子だから、これをあげよう」

と、そっと公平の手ににぎらせたのは、No.5と書いた、赤い星のついたカード。

「さあ、これをあげるから、きみはこれから、東の出口から駅を出るんだ。すると、駅の前に自動車が待っているから、それにお乗り。わかったかね」

「はい……」

公平はゆめ見るような声で答えた。

「わかったら、さあ、おいき。友だちがやってこないうちにね」

「はい……」

公平は、まるで夢遊病者のような歩きかたで、ふらふらと雑踏の中を歩いていく。

ああ、公平は、金色の魔術師のために、催眠術をかけられたのだ。しかも、この雑踏の中で、だれ一人、それに気がついた人はなかったのだった。

黒猫先生の捕縛

そういうことはゆめにも知らぬ滋と達哉。それからまもなく新宿駅へつくと、プラットホームで待っていたが、いつまで待っても、公平がくるはずはない。

「どうしたんだろう。小杉くん、なにかさしつかえができたんだろうか」

「まさか、こわくなったんじゃあるまいね」

そんなことをいいながら、しばらく待ってみたが、約束の時間を半時間もすぎても、公平のすがたが見えないので、

「村上くん、もう六時半だよ。小杉くんはきっと用事ができて、こられないのにちがいない。しかたがないから、ぼくたちだけで、黒猫先生のところへいってみようじゃないか」

「うん、そうしよう。そして小杉くんには、あとで結果を報告してやればいい」

と、こう相談がまとまったので、二人は新宿駅を出たが、そのとき、二人がもうすこ

し注意をしていれば、雑踏の中を見えがくれに、自分たちのあとをつけてくる人物があるのに気がついたことだろう。

それはさておき、黒猫先生の古ビルは、新宿駅から、あまり遠くはなかった。迷路のような道を五、六度もまがったかと思うと、二人は古ビルの前についた。

「村上くん、だれもつけてくるものはないね」

達哉は、すばやくあたりを見まわして、

「だいじょうぶだよ、立花くん。さあ、この地下室だ、はやくはいろう」

入り口の横にある階段をおりていくと、そこはまえにもいったとおり、かなり広くて、まがりくねった廊下の左右には、番号のついたドアがたくさんあり、ところどころに、うす暗いはだか電球がぶらさがっている。なんとなく、きみのわるい地下室だった。

二人はいちばんおくのドアの前までくると、立ちどまって顔を見あわせた。ここが黒猫先生のへやなのだ。耳をすますと、中からきこえてくるのは、パチパチと筮竹(ぜいちく)をつまぐる音。どうやら黒猫先生が、一人で、うらないをしているらしいようすである。

滋がドアをたたくと、

「だれじゃ」

と、中から、ひくいしゃがれ声。

「先生、ぼくです。立花滋です」

「立花滋……立花滋って、だれのことじゃ」

滋と村上少年は、ぎょっとして顔を見あわせたが、達哉が思いだしたように、

「先生、黒ねこ千びき、白ねこ百ぴきです」

「黒ねこ千びき、白ねこ百ぴき……？　なんのことじゃ、それは……。まあいい、おはいり」

その声に滋がドアをひらくと、正面に腰をおろしているのは黒猫先生。その肩には、ちょこなんと、黒ねこがのっかっている。

「いやだなあ、先生は……。ぼくたちがきたのに、どうしてしらばくれるんですか」

達哉が不平らしく鼻をならすと、黒猫先生は、不思議そうに、目をぱちくりさせて、

「いったい、きみたちはだれじゃな。いままで、一度も見たことのない子どもじゃが……」

「あれ、あんなことといってらあ。このあいだもぼくたち、ピエロのおじさんと、ここへきたじゃありませんか。それから白金台町（しろがねだいまち）の洋館を探検して、先生はエレベーターじかけのへやの秘密を発見し、それから火曜日の晩には、三軒茶屋の七星館という映画館で……」

と、調子にのって、べらべらしゃべる達哉を、黒猫先生は不思議そうに見まもりながら、

「きみたち、いったいなんの話をしているんじゃ」

「えっ」

達哉はめんくらって、

「だって、おじさんは黒猫先生でしょう」

「そうだ、黒猫先生は、わしじゃが、わしはいままで、いちども、きみたちに会ったことはないし、白金台町の洋館だの、三軒茶屋の七星館だのと、なんのことかわけがわからん」

滋と達哉は、思わず、あっと顔を見あわせた。それから滋は、しばらくあなのあくほど、相手の顔を見ていたが、なに思ったのか、

「あっ、いけない、村上くん」

と、なにかいおうとしたときだった。

だしぬけにうしろのドアがひらいたかと思うと、どやどやとはいってきたのは等々力警部と杉浦画伯、ほかに刑事も二人いた。

滋と達哉は、それを見ると、さっと顔色がかわった。ああ、やっぱり、二人は刑事にあとをつけられていたのだ。

杉浦画伯は二少年には目もくれず、あっけにとられて、目を白黒させている、黒猫先生の顔をきっと見つめていたが、

「ああ、この人です、この老人です。火曜日の晩、七星館の裏の墓場で、ぼくをしばりあげて目かくししたのは……」

それをきくと黒猫先生は、ひげをふるわせ、

「な、な、なにをいうのじゃ。七星館だの、墓場だの、そんなことは、わしは知らん。わしは、おまえさんなどに会ったことはない」

しかし、等々力警部はそんなことばを耳にも入れず、あいずをすると二人の刑事が、いきなり左右から黒猫先生の両手をつかんだから、おこったのは黒猫先生。

「な、なにをするのじゃ。わしゃ、なにも知らん。知らん。おまえさんたちは、人ちがいをしているのじゃ。助けてくれえ！」

悲鳴をあげて、どたばたとあばれまわる黒猫先生を、みんなでよってたかって、取りおさえようとしているすきに、

「村上くん」

と、小声であいずをすると、滋と達哉は、脱兎のごとく、へやをとび出し、地下室から、表の道へとび出したが、そのとたん、思わず、あっと立ちすくんだのである。

ちょうど、そこへとおりかかったのは、見おぼえのある、サンドイッチマン、あのピエロではないか。

ピエロはすまして滋の手に、一まいのビラをわたしていった。

見ると、ビラの表には、

滋と達哉は顔を見あわせていたが、

「村上くん、あのピエロのあとをつけてみよう」

「うん、よし」

二人はピエロのあとを、見えがくれにつけはじめたが、しかし、相手もさるもの、滋たちにつけられて、しっぽをつかまれるような、まぬけではない。迷路のような町から町へとたくみにぬって、まもなく、新宿の雑踏の中へすがたをけしてしまったのだ。

その翌日、滋と達哉は、学校で、先生から大変なことをきかされた。公平がゆうべから、うちへ帰らないというのだ。それだけでなく、けさがた公平の家へ、だれかが西洋封筒を投げこんでいったが、その中から出てきたのは、No.5と書いてある、赤い星のマークのついた例のカードで、しかも、カードの裏には、

第五のいけにえ

——近く上石神井の礼拝堂において——

と書いてあったというのである。

「立花くん、村上くん」

と、先生は心配そうに顔色をくもらせて、

「それで、小杉くんのおうちでは、朝から大さわぎをしているそうだが、きみたちも気をつけてくれたまえ。ひょっとすると、きみたちも、魔術師にねらわれているかもしれないからね」

先生のことばに、二人はぎょっと顔を見あわせたが、滋は、すぐきっぱりと、

「先生、だいじょうぶです。ぼくたちは、よく気をつけています」

と、そういいきったものの、職員室を出たときには、二人とも顔が青ざめていた。

「村上くん、どうする。きみは、もう手をひくかい？」

「ばかなことをいっちゃいかん。小杉くんが魔術師のいけにえにされようというのに、このままひっこんでいられるもんか。たたかうんだ。あくまで金色の魔術師とたたかうんだ」

「うん、よくいった。ぼくもそのつもりだ。そして、小杉くんをすくい出そう」

「しかし、立花くん、なにかうまい方法がある？」

「いや、いまのところ、なにも考えつかないが、とにかく今夜、明大前へいってみようじゃないか。なにか手がかりをつかめるかもしれないし、ひょっとすると、黒猫先生に会えるかもしれないと思うんだ」

達哉は目をまるくして、

「黒猫先生……？　黒猫先生なら、ゆうべつかまってしまったじゃないか」

「いや、あれはぼくたちの知ってる黒猫先生じゃなかったよ」

「なんだって！　それじゃ、あれはにせものか」

「さあ、ぼくにもよくわからないが、しかし、村上くん、ひょっとすると、ゆうべの黒猫先生がほんものかもしれないよ。ほんものの黒猫先生は、ただ平凡な易者なんだ。ところが、だれかがぼくたちに会うために、黒猫先生にばけていたんじゃあるまいか」

達哉は、いよいよおどろいて、

「だれかって、やっぱり金色の魔術師だろう」

「そうかもしれないし、そうでないかもしれない」

と、滋はことばをにごして、

「とにかく今夜、明大前へいってみよう。それが第一だよ」

と、そう約束をした達哉と滋、その晩六時ごろ、京王電車の明大前でおちあったが、問題の赤星サーカスというのは、すぐわかった。

それは、原っぱにテントをたてて興行しているのだが、あまりりっぱなサーカスでないらしく、テントも小さく、表にはためく旗やのぼりもみすぼらしい。滋はあたりを見まわし、

「ひょっとすると、今夜も警部さんがきているかもしれないから、気をつけたまえ」

「うん」

しかし、さいわい等々力警部のすがたも見えず、中へはいると、かなりの入りである。ちょうどそのとき、サーカスの広場では、ピエロが二人、なにか、こっけいな芸をしているらしく、見物が、げらげらわらっていた。

「立花くん、立花くん。あのピエロは、ひょっとすると、黒猫先生の部下ではないかしら」

「まさか……」

と、滋は、うちけしたものの、そういわれてみると、ピエロの一人は、いつも新宿で出会うサンドイッチマンにそっくりだ。滋は、はっと胸さわぎをかんじたが、そのうちにピエロの芸もおわって、つぎの曲芸がはじまった。

こうして、プログラムはつぎからつぎへと進んでいったが、そのうちに滋と達哉は、ふと、妙なことに気がついた。芸当はいろいろかわるのに、広場の中心には、いつも御影石（みかげいし）でできた、銅像の台座みたいなものがあるのだ。そこで、となりの人にきいてみると、

「ああ、あれはこのあき地にいつもあるんです。もとここには教会みたいなものがあったんですが、戦災でやられて、あの台座だけがのこったんです。この土地の持ちぬしが、どうしてもあれを取りのけることを、ゆるさないので、サーカスもしかたなく、そのままにしてるんですよ」

それをきくと二人は、ぎょっと息をのみこんだ。ああ、もうまちがいはない。それではここも、赤星博士の教会のあとだったのか。

二人が緊張して、いよいよ目を光らせているうちに、プログラムはいよいよ進んで、やがてよびものの「骸骨のおどり」。

「なんだ、骸骨のおどりだって！」

二人が、ぎょっとしているうちに、場内の、電燈という電燈がきえたかと思うと、やがて、まっ暗がりの広場へおどりだしたのは、うす青く光る骸骨が一つ、二つ、三つ、四つ、五つ。……五つの骸骨のきみのわるい骸骨おどりがはじまったのである。

この骸骨おどりのしかけは、すぐわかった。五人のおどり子が、頭からまっ黒な衣装を着ていて、その衣装の上に夜光塗料で、骸骨のかたちがかいてあるのだ。だから、べつにふしぎはないのだが、ただ、気になるのは、そのおどり子の一人だった。

ほかの四人がよくあっているのに、一人だけ、のろのろとして、まるで夢遊病者のおどりみたい。滋と達哉は、はっと、七星館の雪子のおどりを思いだした。

「あっ、いけない。あれは月江さんだ！」

達哉がさけんだときだった。とつぜんまっ暗がりの広場から、けたたましい悲鳴が一声きこえたかと思うと、あの夢遊病者のおどりをおどっていた骸骨が、かきけすようにきえてしまったのである。

夜光カード

「あっ、きえた。月江さんが、きえてしまった！」

　達哉が、夢中になってさけんでいるとき、

「電気をつけろっ、警察の命令だ、早く電気をつけろ！」

　やみの中からきこえてきたのは、ききおぼえのある等々力警部の声。

　警察の命令ときいて、見物が、わっと総立ちになったとき、ぱっと電気がついたが、見れば、四人の骸骨がうろうろしている広場の中に、たおれているのはピエロの一人、そばには等々力警部と、刑事が四、五人、緊張した顔で立っていた。

「いこう、村上くん、いってみよう」

　二人が広場へおりていくと、等々力警部が、じろりとにらんで、

「ふうむ、やっぱり、きみたちもきていたな、けしからん。きみたち、なにかかくしているにちがいない。今夜は、きっとどろをはかせてみせるぞ」

「警部さん、警部さん。それよりも、このピエロはどうしたんです？　死んでいるんですか」

「いや、頭をなぐられて気をうしなっているだけだが、きみはこいつを知っているのか」

「いいえ、そういうわけではありませんが、この人の化粧をおとしてみてください。ぼく、

この人の素顔を見たいのです」

「よし」

警部のあいずに刑事の一人が楽屋へ走っていった。

そのあいだに滋は、あの御影石の台座をしらべていたが、見るとその側面に横文字をほった銅板がはりつけてある。滋は目を光らせて、その銅板をいじっていたが、すると、突然、ガタンと音がして、銅板がはげしくひらいたではないか。

「や、や、滋くん！　き、きみは、どうしてこのしかけを知っているのだ！」

「警部さん、そのことはあとでお話しします。金色の魔術師は、いまこのぬけあなから、月江さんをつれていったにちがいありません」

滋が思わず大声でさけんだからたまらない。いままでかたずをのんで広場を見ていた見物が、金色の魔術師ときいて大さわぎ。等々力警部は、しかし、それにはかまわず、

「よし、この中へはいってみよう」

「あっ、警部さん、待ってください。そのまえに、ピエロの顔を見ていきましょう」

「ああ、そうか。よし」

そこへ刑事が洗面器とタオルを持ってきたので、警部はすぐにピエロの顔をあらいおとしたが、そのとたん、

「あっ、こ、これは椿三郎！」

そうさけんだのは達哉である。いかにもそれは役者の椿三郎だった。警部は呆然とし

て、気をうしなっている椿三郎の顔を見ている。それも無理はないのだ。いままで等々力警部は、椿三郎こそ金色の魔術師であろうと思いこんでいたのだから。

滋と達哉も、これまた、ちがった意味でおどろいた。椿三郎を部下につかっている黒猫先生とは、はたしてなにものか。ああ、やっぱり金色の魔術師ではあるまいか……。

警部はやがて刑事にむかって、

「きみたち、こいつを警視庁へつれていって、傷のてあてをしてやれ。気をつけろ。にげようとするかもしれないからな」

それから、滋と達哉をふりかえり、

「きみたちは、ぼくといっしょにきたまえ。今夜はもう、きみたちを逃がさないぞ」

「警部さん、ぼくたちは逃げません」

そこで警部を先頭に立て、二人は、御影石の台座の中へはいっていった。このぬけあなも七星館とほとんど同じで、階段をおりるとせまい横あな。その横あなを五十メートルほどいくと、また階段になっている。それをのぼっていくと、やがて三人は、さびしい原っぱにある古井戸へ出た。

「ふうむ、このまえと、すっかり同じだな」

あたりを見まわしたが、もちろん、もう金色の魔術師も月江のすがたも見えない。

原っぱを出ると、やっと自動車がはいれるくらいのせまい道だったが、懐中電燈でしらべてみると、自動車のとまっていたらしいあとがあった。

「ふむ、ここから自動車で逃げやがったな」

警部はくやしそうにつぶやいたが、そのとき滋の目についたのは、うす暗い路上に、なにやらあやしく光るもの。手にとってみると、名刺くらいの大きさのカードだったが、夜光塗料でもぬってあるとみえて、ほたる火のように、ほのかに光るのだ。

「警部さん、こんなものが落ちていましたよ」

「あっ、立花くん、あそこにも落ちているよ。あっ、むこうにも……むこうにも……」

三人は、呆然として顔を見あわせた。あやしのカードは点々として、暗い横町から大通りまで、さらにそこからはてしもなく、むこうのほうまでつづいているのだ。

「あっ、警部さん、ここにオートバイのあとがあります。だれかがオートバイに乗って、カードをまいていったのじゃないでしょうか」

「よし、自動車でつけてみよう」

サーカスの前に待たせてあった自動車に乗ると、三人は、カードを追って、暗い夜道をまっしぐらに……。

それにしても、不思議なのはそのカードである。まるで道案内をするように、点々としして、はてしなくつづいているのだ。やがて自動車は渋谷から、麻布へむかって、六本木から溜池へくだる坂へさしかかった。

「あっ、警部さん、ひょっとすると赤星博士の住んでいた家へいくのじゃないでしょうか」

しかし、自動車がとまったのは、その家ではなく、ま裏にあたる洋館の前だった。道しるべのカードは、そこでぷっつりたえているのだ。

「警部さん、この家ですね」

「ふむ」

鉄の門から中をのぞくと、洋館は、あき家のようにまっ暗で、人の住んでいるけはいも見えない。

「あっ、警部さん、あれ、オートバイじゃありませんか。玄関のわきにおいてある……。あっ、あそこにカードが落ちている」

「よし、もうまちがいはない、はいってみよう」

こころみに鉄の門をおすと、なんなく中へひらいた。そこから足音をしのばせて、玄関まできてみると、そのわきにオートバイが一台、それから夜光カードが二、三まい落ちている。

警部はさっと緊張して、玄関のドアをおすと、これまたぞうさなくひらいた。中はほらあなのようにまっ暗で、かびくさいにおいが、いちめんにたちこめている。やっぱり、ながくあき家になっているらしい。

三人があたりに気をくばりながら、中へはいると、突然右がわのへやに電気がついた。

警部は、ぎょっとしてピストルをにぎりなおすと、

「だれかそこにいるのか」

「やあ、等々力警部、待ってましたよ」

と、思いがけない返事である。

「なにを！」

三人がへやの中へとびこむと、正面のいすに腰をおろしているのは、まぎれもなく黒猫先生。黒猫先生は、にこにこしながら、

「やあ、滋くんも村上くんも、よくきたね」

「だ、だれだ、きさまは……」

「あっはっは、警部さん、わかりませんか、ぼくですよ。ほらね」

と、めがねをとり、ひげをむしり、かつらをぬいだその顔を見て、

「あっ、き、きみは……」

「あっ、あなたは……」

等々力警部と滋は、思わず大きく目をみはったが、さて、黒猫先生とは、いったいだれだったのだろう。

地下室の怪異

等々力警部と滋が、おどろいたのも無理はない。なんと、それは、名探偵、金田一耕助ではないか。

「あっ、金田一先生だ、金田一先生だ。それじゃ、先生、黒猫先生というのは、あなただったんですね」

さすがの立花滋も呆然としている。達哉も目をまるくして、

「立花くん、それじゃ、これが金田一先生？」

「そうだよ、村上くん、金田一先生だよ。先生も人がわるいなあ。ぼくたち、すっかりだまされちゃった」

滋が不平そうに口をとがらせると、金田一耕助はにこにこしながら、

「いや、ごめん、ごめん。きみたちにはわるかったけどね。敵をあざむかんと欲すれば、まず味方よりということわざがあるだろう。ぼくは、自分が東京へ帰ってるってことを、だれにも知られたくなかったものだからね」

等々力警部も、やっとおどろきからさめると、

「金田一さん、いったいこれはどうしたことです。わたしはまた、あんたは関西のほうで、療養していらっしゃることだとばかり思っていましたよ。からだのほうは、もういいのですか」

「ありがとう。すっかりよくなって、そろそろ東京へ帰ろうかなと思っているところへ、この少年たちから、手紙がきたんです。金色の魔術師のことについてね。それで、魔術師の正体をつきとめるまでは、顔を出さないほうがよかろうと思って、黒猫先生のすがたをかりていたんですよ。ああ、そうそう、警部さん」

と、金田一耕助は警部のほうにむきなおり、

「黒猫先生がつかまったようですが、あの人はなにも知らないのです。ただ二、三日、ぼくに身がわりをつとめさせてくれただけのことなんです。ゆるしてやってください」

「それは、もちろんのことですが、しかし、金田一さん」

「はあ」

「あんたはいま、魔術師の正体をつきとめるまでは、顔を出したくなかったとおっしゃいましたね。そうすると、こうして顔をお出しになったからには、魔術師の正体をつきとめられたというわけですか」

「はあ。つきとめましたよ、警部さん」

平然といいはなつ金田一耕助のことばに、三人は、はっと顔を見あわせたが、なかでも達哉は、興奮のために声をふるわせ、

「だれです、それは……。もしや、役者の椿三郎ではありませんか」

しかし、言下に滋が、そのことばをうちけして、

「ちがうよ、村上くん、だって椿三郎は黒猫先生の部下だったんじゃないか」

「あっはっは、そうだ、滋くんのいうとおりだ。警部さん、ぼくがこうして身分をかくして、東京へ帰ってきたのは、ひとつには、椿三郎くんにたのまれたからなんですよ」

「椿三郎にたのまれた……？」

「ええ、そうです。椿くんは金色の魔術師のうたがいをうけると東京を逃げだし、ぼく

の療養さきまでたずねてきたのです。そして、このままだと金色の魔術師にされてしまうから、なんとかして助けてくれというんです。椿くんはまえから知っていましたし、それに、ちょうどそのころ、ぼくは滋くんたちの手紙を読んで、東京へ帰ろうと思っていたところだったので、相談のうえ、二人とも身分をかくして帰ってきたんです。黒猫先生というのは椿くんの知りあいだったので、わけを話して、ぼくが黒猫先生にばけ、椿くんがその部下になっていたというわけです」

なるほど、これで金田一耕助と椿三郎の関係はわかったが、それにしても、金色の魔術師とはなにものか……。

三人がそれについてたずねようとしたときだった。突然、洋館のどこからかきこえてきたのは、けたたましい悲鳴とさけび声。

一同はそれをきくと、ぎょっとして、そのほうへふりかえった。

「あっ、あれはなんだ――」

等々力警部がさけんだとき、金田一耕助は、すでにドアのところまでとんでいた。

「しまった、赤星博士だ、赤星博士をうばいにきたのだ」

「なに、赤星博士だって……？　それじゃ、赤星博士はこの洋館にかくれているんですか」

「そうです、そうです、金色の魔術師のためにおしこめられているんです。警部さん、早くきてください」

金田一耕助のあとにつづいて、一同が廊下へとび出したとき、またもきこえてきたのは、ただならぬ悲鳴とさけび声。どうやらそれは、地の底からきこえてくるようなけはいである。

「警部さん、こっちへきてください」

金田一耕助は、かねて用意の懐中電燈で、まっ暗な廊下をてらしながら、さきに立って走っていった。そのあとから、等々力警部と立花・村上の二少年が、ひとかたまりになってついていった。

廊下をつきあたると、地下室へおりる階段である。一同がその階段に足をかけたとき、また悲鳴とさけび声がきこえてきたが、なんだかさっきより、遠くなったかんじだ。

「あっ、いけない。金色の魔術師が赤星博士をつれていこうとしているのだ」

階段をおりると、まっ暗な地下廊下だった。金田一耕助は、よほどこの洋館の勝手につうじているとみえて、かたわらの壁をさぐって、スイッチをひねったが、するとすぐ、ほの暗い電気が、長い、殺風景な廊下の、あちこちについた。

あのただならぬ悲鳴とさけび声は、その廊下のむこうのほうからきこえてくるのだ。その声をめあてに走っていくと、ほの暗い廊下のむこうに、もみあっている三つの影が見えた。どうやら二人の男が、一人の男を中にはさんで、つれさろうとしているらしいのである。

「待てっ、待たぬとうつぞ」

等々力警部がさけんだときだった。突然、ズドンという銃声とともに、ピストルのたまがとんできた。

「ちきしょう」

一同は、ぱっと廊下に身をふせると、警部が、すぐに一発ぶっぱなした。

「あっ、警部さん、うっちゃいけない。もし赤星博士にあたっちゃ」

「なに、おどかしただけですよ。天井をねらって、うってるんです」

二、三発、むこうとこちらから、うちあっていたが、突然、むこうのほうで、

「うわっ」

という、悲鳴がきこえたかと思うと、一つの影が、ドサリとゆかの上にたおれて、あとは墓場のようなしずけさである。

魔術師の計略

「ど、どうしたんだろう。おれは、天井にむかって、うっていたんだが……」

「いってみましょう。ほら、一人むこうへ逃げていきますよ」

なるほど、見ればほの暗い廊下のはるかかなたを、一つの影が逃げていく。

「待てっ」

等々力警部が、また二、三発、おどかしのためにうったが、あやしい影は、すでに廊

下のかどをまがって、あとには、壁にもたれた一つの影が、気ちがいのように、わめいている。一同が、かけよってみると、それはまぎれもなく、気のくるった赤星博士。そして、その博士の足もとには、男が一人たおれているのだ。

「滋くん、村上くん。きみたちは、ここにいてくれたまえ」

金田一耕助と等々力警部は、二人をそこにのこして、あやしの影を追っかけたが、まもなくすごすごと帰ってきた。

「だめだ。地下室の入り口を、外からしめていきやがった」

等々力警部はくやしそうにつぶやきながら、そこにたおれている男をだきおこしたが、そのとたん、滋と達哉のくちびるから、いっせいにおどろきの声がもれた。

「あっ、これは東都劇場の係員のおじさんだ」

いかにも、それは東都劇場の係員、いつか雪子と月江をアパートから誘拐(ゆうかい)していった、かた足の悪い古川だった。見ると古川の胸からは血がながれて、むろん息はない。

「しかし、おかしいな。おれは、天井にむかって、ぶっぱなしたつもりだのに……」

等々力警部は、いかにもこまったような顔色だったが、そのとき、きず口をしらべていた金田一耕助が、急にぎょっと顔をあげると、

「あっ、警部さん、これはピストルでうたれたのではありませんよ。短刀でつきころされたんです」

「なに、短刀で……。しかし、だれが」

「むろん、いま逃げていったやつ、すなわち、金色の魔術師です。魔術師は今夜古川と二人で、赤星博士をつれにきたんですが、失敗したとみるや古川をころしていったんです。たぶん古川がつかまって、その口から、自分の正体が、ばれてはならぬと思ったんでしょう」

それをきくと一同は、思わずぞっと身ぶるいした。なんというおそろしいやつだろう。

いままでさんざん手さきとして使いながら、自分の身があやうくなると、遠慮容赦もなく、ころしてしまったのだ。

「それはとにかく、警部さん、おまわりさんをよんでください。死体のしまつもしなければなりませんし、赤星博士の保護もたのまなければなりませんから」

警部がとび出していったあとで、金田一耕助は赤星博士の手をひいて、地下の一室へはいっていった。博士も興奮がおさまったのか、すっかりおとなしくなっている。

滋と達哉も、そのへやへはいったが、一目壁の上を見ると、思わず大きく目をみはった。

それもそのはず、壁いっぱいにかけてあるのは、大きな東京地図だったが、その地図の上に点々として、赤い星のマークがついている。

しかも、その場所というのが、吉祥寺に白金台町、三軒茶屋に明大前と、四人のいけにえがささげられた場所だった。

滋と達哉がびっくりしているところへ、等々力警部が帰ってきたが、警部も地図を見ると、目をまるくして、

「金田一さん、この地図は？」

「警部さん、この地図こそは、気のくるった赤星博士にたいする、金色の魔術師の責め道具だったんです」

「責め道具というと」

「赤星博士は、宝石のいっぱいはいった箱を、どこかへかくし、しかもそのかくし場所をわすれてしまったんですね。そのかくし場所は、むかし赤星博士の持っていた七つの礼拝堂と関係があるにちがいない。そこで金色の魔術師は七つの礼拝堂をさがし出し、それをしめして赤星博士に、かくし場所をたずねましたが、ただそれだけでは、博士の記憶をとりもどすことはできませんでした。そこで金色の魔術師は、それらの礼拝堂でつぎつぎに不思議な事件をおこしてみせ、それによって博士を刺激し、ショックをあたえ、博士の記憶をよびもどそうとしていたのです」

金田一耕助の不思議な話に、一同は思わず顔を見あわせた。

「ごらんなさい。そこに、たくさん新聞がちらかってるでしょう。それはみんな、悪魔の礼拝堂で少年少女が、いけにえにささげられたという記事です。赤星博士はそれを読んで、どんなにおどろきおそれたでしょう。自分が宝石のありかを思いださないかぎり、こういうおそろしいことがつづくのです。そこで赤星博士は必死となって、記憶をよび

もどそうとしていたのです。つまり、いままでのことはみんな金色の魔術師が、赤星博士をおどかして、宝石のありかを思いださせようという、苦肉のはかりごとだったんです」

ああ、それはなんという不思議な話だろう。それでは、あの人さわがせは、みんな博士の記憶をよびもどすための手段だったのか。

「しかし、先生、いけにえになった少年少女は、どうなりました。ころされたのですか」

滋が心配そうにたずねると、金田一耕助はにっこりわらって、

「いや、金色の魔術師は、ただ赤星博士をおどかせばよいのだから、そんなむごいことはしやあしない。四人――いや小杉くんもふくめて五人とも、ちゃんと生きているはずだ」

「しかし、しかし、金田一先生」

と、達哉は目玉をくりくりさせながら、

「すると山本くんも生きているんですか、ぼくたちは、山本くんがおふろの中でとかされていくのを見たんですよ」

金田一耕助は、それにたいして、いかにもゆかいそうにわらった。

「むろん、山本くんも生きているとも。立花くん、村上くん、きみたちが吉祥寺の礼拝堂で見たのは、あれは映画だったんだよ」

「な、な、なんですって」

滋と達哉は、思わず目をみはった。

におうハンカチ

「そうだ、あれは映画だったんだ」

と、金田一耕助はにこにこしながら、

「あのとき、ぼくはきみたちにたのんで、きみたち、すなわち立花くんに村上くん、それに小杉くんの見たものをくわしく、正確に、手紙に書いてもらったろう。ぼくはそれを読んで、すぐ、へんだと思った。なぜといって、三人の見た室内の光景は、一分一厘のちがいもなく、同じなんだからね。これはおかしなことなんだ。なぜといって、ある人はかぎあなから、ある人はドアのすきまから、ある人はちょうつがいのすきまからと、みんなちがった角度から中をのぞいているのだから、あれが、立体的な光景なら、ある人には見えても、ある人には見えないものがあるはずだ。それがそうではなく、三人がそっくり同じものを見たというのは、あれが立体的な光景ではなく、平面の上にえがかれた光景、すなわち映画だった証拠だ」

滋と達哉とは、思わず目を見かわした。金田一耕助はことばをついで、

「あのとき、スクリーンはドアのすぐ内がわにぶらさがっていたんだよ。そして、スクリーンのむこうがわから、金色の魔術師の相棒、すなわち、足の悪い古川が映写機をま

わして、映画をうつしていたんだ。きみたちがそれを映画と気づかなかったのは、片目でのぞいていたからだよ。片目だと、ものの遠近や立体感が、はっきりしないから、そこできみたちは、すっかりごまかされてしまったんだ」

「つまり金色の魔術師は、さわぎをおこさせるために、わざとぼくたちに、ああいう映画を見せたんですね」

「そうだ、そうだ。魔術師はあの晩、きみたちが吉祥寺の礼拝堂へいくということを、知っていたにちがいない。それについて、きみたちは、なにか心あたりはないかね」

滋と達哉はしばらく顔を見あわせていたが、滋が思いだしたように、

「ああ、そうだ。そういえば、ぼくたちはあのことを、新宿の通りを歩きながら相談していたんですが、すぐぼくたちのうしろから、広告のだるまをかぶった男がくっついてきましたよ。もしや、あの中に金色の魔術師のなかまのものが……」

「ああ、それだ、それにちがいない。きみたちが、吉祥寺の礼拝堂を探検にいくことを知ったものだから、用意して待っていたんだ」

「それじゃ、魔術師は、山本くんをつかって、映画をつくっておいたんですね」

「そうだ、あの礼拝堂を舞台にしてね。映画ならば、どんなことだってできる。人間をとかそうが、けしてしまおうが、トリックを使うから自由自在だ。そして、きみたちがびっくりして、外へとび出しているすきに、スクリーンをかたづけ、映写機をもって逃げだしたんだ。そのあとへきみたちが帰ってみると、へやの中は映画そっくりだし、お

まけにおふろの中から、変なけむりが出ていたから、きみたちはすっかりだまされたんだ」

滋と達哉は、いまさらのように顔を見あわせた。

なるほど、そういわれてみれば、あのとき見た光景は、いささか変だったと、いまさらのように思いあたるのだった。

「ときに、金田一さん」

と、そのとき、そばから等々力警部が、

「あんたはどうして、この家を発見したんですか」

「ああ、それはね、このあいだ三軒茶屋の七星館から、雪子という少女がつれ出されたとき、魔術師の自動車の中にかくれていて、ここまでやってきたんです」

等々力警部は目をみはって、

「それじゃ、あの晩、杉浦画伯をしばって、木にぶらさげておいたのは……」

「そうです、そうです。ぼくですよ。あの人、じゃまになりそうでしたからね」

「しかし金田一さん。それじゃそのとき、なぜすぐに、警視庁へ知らせてくれなかったのです?」

「それがね、警部さん。そのときはまだ金色の魔術師が、だれだかわからなかったからですよ。雪子さんをここへつれてきたのは、古川でしたからね。それで、しかたがないから、椿くんにたのんで、この家の見はりをしてもらっていたんです。すると魔術師のやつ、それに気がついたとみえて、少年少女をほかへうつし、それから今夜また、赤星博士をつれ出しにきたというわけです」

そこで金田一耕助は滋と達哉をふりかえり、

「さあ、これであらましのことはわかったろうから、きみたちはもう帰りたまえ。おそくなるといけないからね。ああ、警部さん、だれかに、この少年たちを送らせてください」

滋も達哉も、もっと話をききたかったのだが、時計を見るともう十時である。そこで、あす、警視庁で会うことに話をきめて、二人はその洋館を出た。等々力警部の命令で刑事が一人ずつ送ってくれたので、途中べつにかわったこともなく、滋も達哉も、ぶじに、それぞれうちへ帰った。

達哉のうちは高円寺だが、刑事にお礼をいって、うちへはいると、みんなもうねているようすなので、達哉は、そのまま自分のへやへいった。

達哉のへやは二階の洋間になっている。達哉は廊下の電気をつけ、へやのドアをひらいたが、そのとたん、髪の毛もさか立つようなおそろしさにうたれたのだ。

まっ暗なへやの中に、首が一つ、まっさかさまになって、宙に浮いているではないか。

「…………」

達哉はなにかいおうとしたが、あまりのおそろしさに口をきくことができない。まっさかさまになって、宙に浮いている首は、大きな目をひらいて、達哉の顔をにらんでいるのである。

「ば……、ばけもの……」

達哉がさけぼうとしたときだった。突然、うしろから強い腕が、しっかとそのからだをだきすくめたかと思うと、なにやら、あまずっぱいにおいのするハンカチが、達哉の鼻口をおおって、達哉はちょっとのま、ばたばたと手足をふるわせていたが、すぐ、ぐったりとねむりこけてしまったのだ。

「うっふふ、とうとう手にいれたぞ、いけにえ第六号を……」

達哉をだきすくめた怪人の口から、ひくい、きみのわるい、わらい声がもれた。

うちの人は、しかし、だれ一人、それに気がついたものはなかったのである。

凹面鏡（おうめんきょう）

達哉が金色の魔術師にさらわれた……。

その翌日、知らせをきいた立花滋のおどろきは、どんなだっただろう。とるものもとりあえず、達哉のうちへかけつけると、そこにはすでに、金田一探偵や等々力警部もきていた。いやいや、二人だけではない、いまはもうすっかりうたがいのはれた、役者の椿三郎もきているのだった。

達哉のおとうさんやおかあさんは、一同を二階の廊下に案内すると、

「わたしたちは、あの子が帰ってきたのを、ちっとも知らなかったのです。ところが、けさ見ると、ドアの前に、あの子のぼうしと、こんなものが落ちていたんです」

と、おとうさんがしめしたのは、赤い星のついた魔のカード。しかもその上にはNo.6と書いてあり、また裏をかえすと、「阿佐ケ谷(あさがや)の礼拝堂においで」と書いてあった。

「そして、村上くんはへやへはいって、ねたようすはないとおっしゃるんですね」

と、金田一耕助がたずねた。

「はい、ベッドのシーツには、しわひとつありませんでした。あの子はきっと、ドアをひらいて、中へはいろうとするところを、わるものにおそわれたに、ちがいありません」

「なるほど。ところで、あなたがけさ、二階へあがっていらっしゃったとき、このへやや廊下は、どうなっていましたか」

「へやの中の電気はきえていました。もっとも電気はきえていても、もう夜があけていたので、それほど暗くはなかったのですが……。それから、このドアはあけっぱなしになっており、ドアの上にある廊下の電気はついていました。それから、廊下の、つきあたりにある窓があいていましたから、そこから、きっと屋根づたいに、あの子をつれて逃げたのにちがいありません」

金田一探偵はあたりを見まわしたのち、へやの中へはいろうとして、ひょいとむこうを見たとたん、ふいに、おやと立ちどまった。

「金田一さん、どうかしましたか」

「いや、あの、ちょっと……」

金田一探偵は背のびをしたり、身をちぢめたり、いろいろ、からだの位置をかえながらへやの中を見ていたが、急に、うしろをふりかえると、

「おとうさん、廊下の窓に、よろい戸をおろしてくださいませんか。それから、ドアの上の電気をつけてください。ひとつ、ゆうべ村上くんが帰ってきたときと、同じような状態にしてみましょう」

すぐに、警部も手つだって、廊下の窓によろい戸をおろした。へやの中は、前から窓がしめてあるので、昼間ながらも、うすやみがただよっている。おとうさんが、ドアの上の電気をつけた。

金田一探偵は、もういちど、へやの中を見ると、にっこりと滋をふりかえり、

「滋くん、ちょっとここへきて、へやの中をのぞいてみたまえ」

滋は不思議そうに、金田一探偵の指さしたところに立ち、へやの中を見まわしたが、そのとたん、あっとさけんで、とびのいた。

「滋くん、ど、どうかしたのか」

等々力警部と達哉のおとうさんが、顔色をかえて左右から、滋のそばにかけよった。

「ああ、いえ、いま、へやの中に首が宙に浮いているのが見えたんです。でも、不思議だなあ。もう見えない」

「あっはっは、滋くん、もういちど、さっきのところに立ってごらん」

金田一探偵のことばに、滋はもういちど、おそるおそる、へやの前に立ったが、すぐまた、おそろしそうな声をあげた。

「あっ、見える、見える。首が宙に浮いている。しかも、まっさかさまになって……」

等々力警部もおどろいて、滋のうしろから、へやの中をのぞいたが、べつになにも見えない。

「滋くん、ばかなことをいっちゃいかん。首など、どこにもないじゃないか」

「あっはっは、警部さん、それじゃだめです。滋くんの立っている場所で、滋くんとおなじ背の高さにならなければ見えないんです」

金田一探偵のことばに等々力警部は、滋をおしのけて、背をちぢめていたが、

「あっ、見える見える。首が宙に……」

そのとたん、金田一探偵が、パチッとスイッチをひねったので、へやの中は明るくなったが、と、同時に、やみの中に浮いていた首は、あとかたもなくきえていた。等々力警部と滋は、ゆめからさめたように目をこすっている。

金田一探偵は、にこにこしながら、

「警部さん、正面の壁をごらんなさい。凹面鏡（おうめんきょう）がかけてあるでしょう。みんな、あの鏡のいたずらなんです」

なるほど正面の壁の、ちょうど滋くんの目の高さのところに凹面鏡がかけてあった。

「滋くんや警部さんが、いま見た首というのは、自分の顔なんです。ドアの上の電気の

光で、顔だけ明るくなるでしょう。その顔が凹面鏡にうつって、こういうふうに、やみの中に像をむすぶんです」

金田一探偵はポケットから手帳を出すと、下のような図をかいた。

「あっはっは、金色の魔術師というやつは、いたずらものですね。こういう像で村上くんをおどかして、つれて逃げたのでしょう。ぼくはいちばんはじめに山本くんのやられた吉祥寺の礼拝堂の地下室にも、やはりこれと同じ凹面鏡がしかけてあるのを発見しましたよ。だから山本くんもきっと宙に浮くさかさ首に、おどかされたにちがいありません」

山本くんがやられたとき首が黒人に見えたのは、おそらく気絶しているあいだに、顔にすみをぬられているのを、自分では気がつかなかったのだろう。

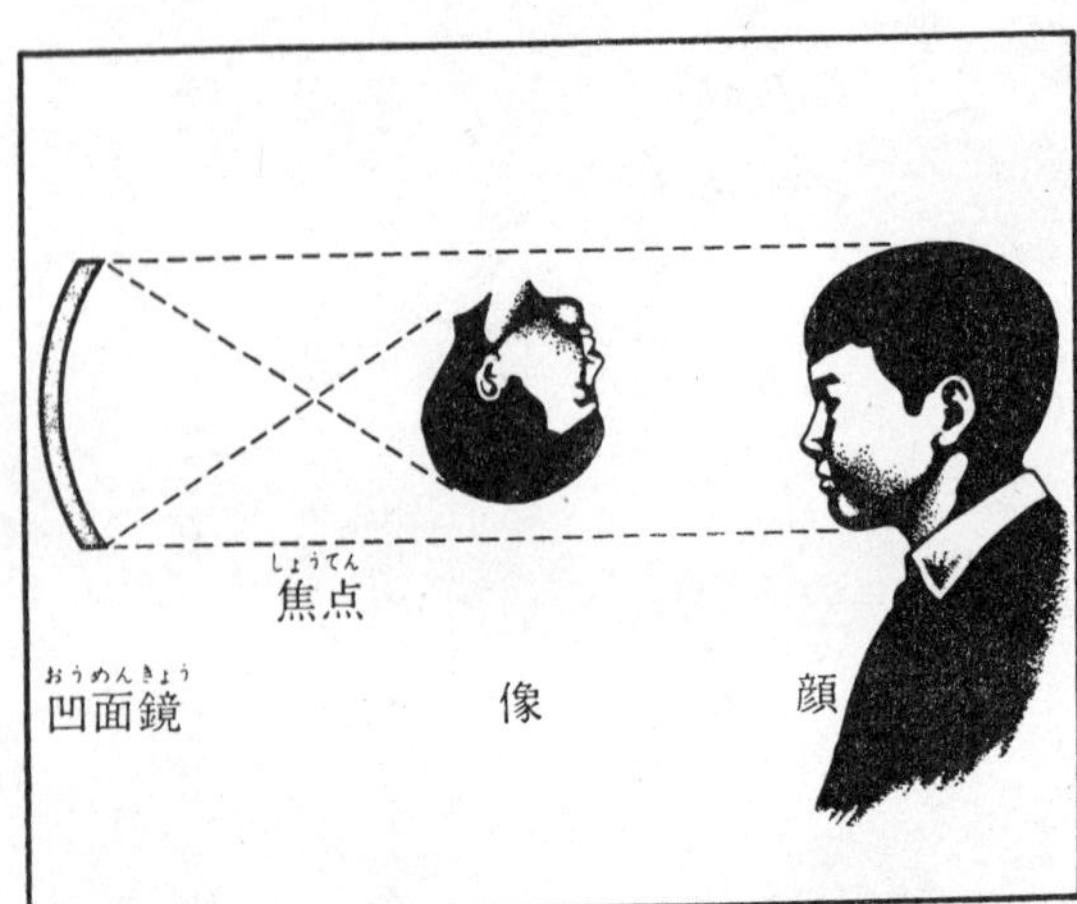

ああ、なんという明察。
金田一探偵は、魔術師のやりくちを、一から十まで知っているのだった。

赤星博士の脱出

それからまもなく一同は、達哉の両親をなぐさめておいて、いったん警視庁へひきあげたが、さて、その晩のこと。

椿三郎がなにか用事があると、さきに帰っていったあとで、金田一探偵と等々力警部・滋の三人が、ひたいをあつめて相談しているところへ、いきおいこんで、とびこんできたのは、おなじみの杉浦画伯だった。

「あっ、警部さん、お使いをありがとう。オリオン三きょうだいのいどころがわかったって、ほんとうですか」

「ああ、これは杉浦さん。なるほど、三きょうだいのいどころが、わかったことはわかりましたが、またどこかへつれさられてしまったのです」

「なんだ、それじゃ三きょうだいは、ぶじに助かったのじゃなかったんですか」

杉浦画伯はがっかりしたようなようすだったが、すぐ、また気をとりなおして、

「しかし、それにしても三人は、いままで、どこにいたんです」

「いや、じつはわれわれ三人は、これからそこへ、いこうとしているところなんです。

赤星博士が、そこにいるんでね。どうです、あなたもいっしょにいきませんか」

「赤星博士が……」

杉浦画伯は目をまるくして、

「ええ、いきましょう。ぜひ、いっしょにつれていってください」

「そう、じゃ、いきましょう」

と、それからすぐに自動車の用意をさせて、一同が警視庁を出たのは八時すぎ。六本木付近の、れいの洋館までくると、刑事が、厳重に見はりをしていた。

「なにもかわったことはないか」

「はっ、べつに……」

「赤星博士は、どうしている？」

「あいかわらず、ぼんやり考えこんでいます」

「へやにも見はりがついているだろうね」

「はっ、そこに、ぬかりはありません」

一同が地下室へおりていくと、赤星博士のへやの前には、警官がピストル片手に、緊張した顔で、立っていた。のぞき窓から中をのぞくと、赤星博士がいすにもたれて、げんなり考えこんでいる。

「ひとつ、中へはいってみましょう」

「だいじょうぶですか」

杉浦画伯は、きみわるそうに、しりごみした。

「だいじょうぶ。いたっておとなしい気ちがいですから」

一同が中へはいっていくと、赤星博士は、にごった目で、ぼんやり顔を見ている。

金田一探偵は、壁いっぱいにはってある、東京地図の前へ立ちよると、上石神井（かみしゃくじい）と阿佐ヶ谷のところに赤いしるしをつけた。いうまでもなく、それこそは、公平と達哉が、いけにえにささげられる予定の場所である。

それから、金田一探偵は、きっと、赤星博士のほうをふりかえり、

「赤星博士、また二つ、礼拝堂のありかがわかりましたよ。これで、都合六つです。あなたはこれでもまだ、宝石をかくした場所を思いだすことができませんか」

赤星博士は、ぼんやりと、にごった目で東京地図を見ていた。金田一探偵はいかにもじれったそうに、博士の肩に両手をかけ、

「赤星博士、思いだしてください。宝石のありかさえわかってしまえば、金色の魔術師もあきらめて、人さわがせもよしましょう。あなたが、いつまでも思いださないと、魔術師のやつは、しまいには、なにをやりだすかわかりません。思いだしてください、赤星博士」

金田一探偵があまりはげしく肩をゆすったので、赤星博士は、よろよろとよろめいたが、突然博士の形相（ぎょうそう）が、悪魔のようにかわったかと思うと、ポケットから取りだしたのは、一ちょうのピストルだった。

金田一探偵の顔をめがけて、ひきがねをひいたからたまらない。あっとさけんで金田一探偵、両手で顔をおさえてよろめいた。

「あっ、なにをする」

等々力警部は、あわてて腰のピストルに手をやったが、そのときはもうおそかった。警部から杉浦画伯、さらに立花滋と、赤星博士は目にもとまらぬ早わざでやっつけてしまうと、さわぎをきいて、ドアをひらいた警官まで、一発のもとにたおしてしまったのだ。

ああ、それでは金田一探偵はじめ一同は、うちころされてしまったのだろうか。いやいや、そうではなかった。赤星博士のピストルというのは、まことに妙なピストルで、ひきがねをひくと、中から、弾丸がとび出すかわりに、なにやら、強いにおいのする、霧のようなものが発射されるのだ。そして、その霧を一息すったかと思うと、だれもかれも、にわかにねむけにおそわれて、将棋(しょうぎ)だおしに、そこへたおれたのだった。

それはさておき、一同がそこへたおれてしまうと、赤星博士は、にやりときみのわるい微笑をうかべ、金田一探偵を、けとばすと、

「ざまあ見ろ、このへぼ探偵め」

と、にくらしそうにつぶやくと、そのまま、ふらふらへやから出ていった。

と、このときだ。ゆかの上から、むっくり頭をもたげたのは杉浦画伯。赤星博士の足音に耳をすましながら、等々力警部と金田一探偵、それから滋や警官たちを、ひとりひ

とりゆりおこしたが、みんな薬がきいているとみえて、目をさますけはいもない。

杉浦画伯はそれを見ると、急に、ぎろりと目を光らせた。それから、そっとドアの外へすべり出したが、と、見れば、長い廊下のはるかかなたを、赤星博士が背を丸くして走っていく。

杉浦画伯はなにか心にうなずきながら、見えがくれに、そのあとをつけていった。

金田一探偵の勝利

それからおよそ二時間ほどののちのこと。

ここは東京の都心から、とおくはなれた多磨霊園、時刻はかれこれ、ま夜中の十二時だから、ひろい多磨墓地の中には人影もなく、大小さまざまな形をした墓石が、星影をあびて、しっとりと夜つゆにぬれている。

どこかで、きみのわるい、ふくろうの声……。

このさびしい多磨墓地の中を、いましも一つの懐中電燈が歩いていた。やがて懐中電燈は、太い鉄のくさりをはりめぐらした、広い墓地の前に立ちどまった。

墓地の中央には、直径二メートル高さ四メートルばかりの、大砲のたまのような形をした、セメントづくりの墓が立っている。そして、その墓の表面に、あざやかにえがかれているのは、赤い星のマークである。

この墓こそは、ずっと以前に、赤星博士が、自分が死んだときの用意に、つくっておいた墓だった。そして、いま墓の前に立っているのは、いうまでもなく赤星博士。

赤星博士はあたりを見まわすと、墓地へふみこみ、墓のうしろにまわった。そこには鉄のドアがついているが、博士はポケットから出したかぎで、なんなくそれをひらいた。

墓の内部はうつろになっており、ゆかのあげぶたをあげると、地下の納骨堂へおりられるように階段がついている。赤星博士は納骨堂へおりていった。

納骨堂は四メートル四方ほどの、広いへやだったが、その中央に悪魔サタンの像が立っていた。赤星博士は懐中電燈の光で、サタンの台座をさぐっていたが、やがて、ガタリと音をさせて、台座の中からひっぱり出したのは、五十センチ立方ぐらいの、支那かばん（木で作り、外側を革か紙ではった箱形のかばん。多く行李の代用にした）のような形をした箱だった。

赤星博士はふるえる指で、その箱をひらくと、さっと、懐中電燈の光を箱の中にさしむけたが、そのとたん、

「おお」と、感動にふるえる声がのどから出た。

それも無理ではない。箱の中には、いっぱい宝石がつまっているのだ。赤星博士は気がくるったように、片手で宝石をすくっていたが、そのときだった。

「赤星博士、とうとう、あなたは宝石のありかを思いだしましたね」

うしろからだしぬけにきこえてきた声に、赤星博士は、ぎょっとしてふりかえると、

懐中電燈をそのほうへむけたが、と、そこに立っているのは、まぎれもなく杉浦画伯。

「だ、だ、だれだ、きさまは……」

「あっはっは、赤星博士、記憶がもとにもどったら、ぼくの顔ぐらい思いだしそうなものですがね。ぼくですよ。ほら、杉浦です。むかし、あなたの片腕だった杉浦ですよ」

「ああ、そうか。それじゃ、金色の魔術師というのはきさまだな。この宝石を手に入れようと、あんな人さわがせをしたんだな」

「お祭しのとおり。さあ、そうわかったらそこをのきなさい。その宝石箱はわたしがもらっていきます。おっと、あぶない。このピストルが目につきませんか。あなたのあのへんてこなピストルは、まっぴらごめんだ。赤星博士、のかなきゃうつぞ」

杉浦画伯、いや、いまや仮面をぬいだ金色の魔術師が、きっとねらいをさだめたとき、

「よしなさい、金色の魔術師」

赤星博士の頭上から、突然ふってきた声に、杉浦画伯がぎょっとして、懐中電燈をそのほうへむけると、なんとサタンの像の肩のあたりに、ぬくぬくとすわっているのは、まっ黒な、からすねこではないか。

「なんだ、ねこか。……しかし、ねこがものをいうはずはないが……」

そのとき、黒ねこが大きな口をあけると、

「あああ……」と、人間のようにあくびをして、

「金色の魔術師さん、とうとうあんたのまけですよ。ほら、うしろをごらん」

ねこが口をきいたから、さすがの金色の魔術師も、あっとさけんで、うしろへとびのいたが、そのとたん、左右から、がっきと腕をとられたかと思うと、ガチャリとつめたい音がして、手錠が手首にはまっていた。

「わっ、だ、だれだ」

とびあがる杉浦画伯の眼前に、にこにこしながら立っているのは金田一探偵と等々力警部。ほかに刑事が四、五人、ものものしい顔をしてひかえていた。滋もおそろしそうに、その背後に立っている。

「杉浦画伯、いやさ、金色の魔術師。きみは、とうとうぼくのわなに落ちましたね」

「う、う、う……」

金色の魔術師、杉浦画伯は目を白黒させて、

「あのねこは、どうしたんだ。あいつには悪魔がのりうつっているのか」

「あっはっは、あれは腹話術ですよ。腹話術――ごぞんじでしょう。横隔膜を震動させて声を出す。すると、そばにいるものが、しゃべっているようにきこえるのです。椿三郎くんは腹話術の名人ですからね」

「な、な、なに……。椿三郎がどこにいるんだ」

「あっはっは、椿くん、もういいから変装をといて、顔を見せてやりたまえ」

言下に赤星博士が、かつらをとり、ひげをむしり、めがねをはずすと、なんとそれは役者の椿三郎ではないか。

「や、や、きさまは椿三郎……。しかし、それじゃ、ほんものの赤星博士は……」

「ゆうべから精神病院に収容されて、厳重な監視のもとにおかれていますよ。あの人の記憶は永久に回復しないそうです」

「しかし、それじゃきさまは、どうして、この宝石のありかを知っていたんだ」

それをきくと金田一探偵は、世にもうれしそうに、もじゃもじゃ頭をかきまわした。

「金色の魔術師、こればかりはきみにもにあわないことだったね。きみは七つの礼拝堂のありかを知っていた。われわれは、まだ六つしか知らぬが、おそらくあとの一つは、上高井戸（かみたかいど）の北方にあるんだろう」

「きさま、どうしてそれを知っている」

「それはね、七つの礼拝堂の位置というのが北斗（ほくと）七星のかたちに配列されているからだ。このことは、地図の上のしるしを見れば、一目でわかることだのに、それに気がつかなかったとは、魔術師一期（いちご）の不覚だったね。滋くん、北斗七星は、なにをさがすのに必要かね」

「北極星です」

滋が言下に答えた。

「北斗七星から北極星をさがす方法は？」

「ひしゃくの先にある、二つの星をむすんで、五倍に延長すると、そこに北極星があるんです」

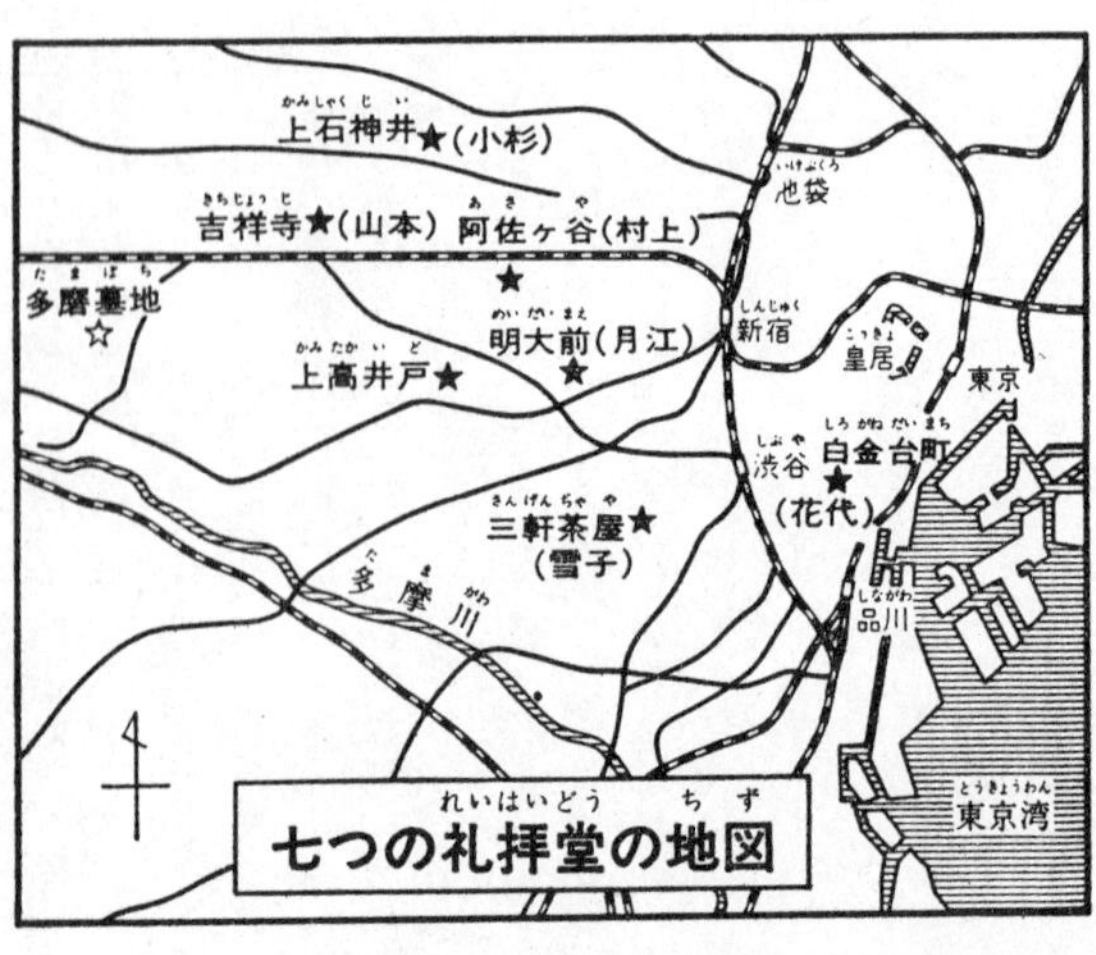

七つの礼拝堂の地図

「そうだ、そのとおり。さて、このばあい、ひしゃくの先の二つの星とは、上石神井と吉祥寺にあたる。それをむすんで五倍延長すると、ちょうど、この多磨霊園付近にあたっているんだ。そこで、ぼくは必死となって、このへんをさがしまわったあげく、とうとう、この墓地をさがしだしたのだ。あっはっは、魔術師さん、わかったかね」

金色の魔術師は、いかりの形相ものすごく、ばりばり歯ぎしりしながら、金田一探偵をにらんでいたが、なに思ったか、急に、つめたいせせらわらいをうかべると、

「なるほど、これはいかにもおれのまけだ。しかし、おれも魔術師だ、ただではまけぬぞ。おれをろうやへぶちこんでみろ。六人の子どもたちはうえ死にしてしまうぞ。おれよりほかに、あいつらのいどころを知るものはないのだからな。やい、小僧」

魔術師は、ものすごい目で滋をにらみつけ、

「きさまが、七番めのいけにえだったんだ。きさまを誘拐したら、七人いっしょにかたづけてやるつもりだったんだ」

滋はそのおそろしいひとことをきいたせつな、ぞっと冷水をあびせられたような気がしたが、金田一探偵はにこにこして、

「ところがね、魔術師さん。このあいだ、きみと足の悪い古川が、六本木から六人の子どもたちをほかへうつすとき、椿三郎くんがあとをつけていたんですよ。だから、今夜きみが警視庁へきたあとで、警官たちがのりこんで、みんなぶじにすくい出したと、さっき電話で知らせてきたんだ。あっはっは、きのどくでしたね」

「おのれ、おのれ、おのれ」

とうとう、いかりが爆発したのか、金色の魔術師は、手錠をはめられた両手をふりあげ、金田一探偵めがけておどりかかったが、そのときだった。さっきからサタン像の肩の上から、金色の目を光らせていた黒ねこが、いきなり、さっと顔にとびついたからたまらない。

「ぎゃあっ」

まるで、かえるをふみつぶしたような声をあげて、魔術師はそこにへたばったのだった。

自動車はいま星空のもとを、東京さして、まっしぐらに走っていく。

窓からふきこむそよ風に、ほおをなぶらせながら、うっとりと目をとじた滋のまぶたにうかぶのは、なつかしい、村上・小杉の二少年、さらに山本少年やオリオンの三きょうだいの顔、顔、顔……。

滋はふと目をひらいて、窓から外をのぞいたが、すると、すぐ目についたのは、空にかがやく北斗七星だった。滋には、その星のひとつひとつが、自分たちの顔のように見えたが、しかし、それらの七つの顔は、もうおびえたり、おそれたりしてはいなかった。

みんな元気に、にこにこと、星のようにかがやいているのだった。

解説

中島河太郎

横溝正史氏の著作のほとんどが角川文庫に収録され、すでに六十冊を越えたが、その他に時代物と少年少女を対象にした探偵小説が相当ある。

古くは大正十一年の雑誌「中学世界」に載せた「化学教室の怪火」に始まって、長編だけでも「渦巻く濃霧」「南海囚人島」「幽霊鉄仮面」「深夜の魔術師」「南海の太陽児」などがある。これらは探偵小説であり、冒険小説であって、テレビのない、雑誌だけが唯一の楽しみであった戦前の少年少女の手に汗を握らせたものであった。

戦後の著者が探偵小説ルネサンスの先頭に立って活躍し、数々の佳作を続けざまに生んだことは、今ではもう知らぬ人はあるまい。「本陣殺人事件」「蝶々殺人事件」「獄門島」「八つ墓村」「犬神家の一族」「女王蜂」「悪魔が来りて笛を吹く」と、昭和二十一年から六年間というもの、探偵小説界を驚倒させる創意に溢れた作品が続出したのである。

しかもそれらの長編に加えて短編や捕物帳の夥しい作品が書かれ、なお二十四年からは少年物にも着手したのだから、著者の旺盛な筆力は驚くべきものがあった。それは戦時中、探偵小説がほとんど禁止状態にあって、書きたくても書けない辛い時期をすごしたのに、戦争が終わるとそういう制限が一斉に解けた解放感で、著者の気持が昂っていたからであろう。

少年物では二十三年に、長編「怪獣男爵」が書き下し刊行されたのを手始めに、「夜光怪人」「大迷宮」「金色の魔術師」と長編が並んでいる。この「金色の魔術師」は「大迷宮」のあとを受けて、昭和二十七年の一年間、「少年クラブ」に連載された。

この物語の冒頭は「大迷宮」事件で活躍した立花滋少年が、学校中の人気者になって、事件の話をくり返しきかせているうちに、冒険好きの友人二人と、少年探偵団の結成に至っている。

滋が中学一年のとき、軽井沢でサイクリングに出かけた途中、大夕立にあって雨宿りさせてもらった西洋館で、不思議な体験をした。一緒に出かけたのはいとこの謙三だが、二人の奇怪な見聞談に耳を傾けてくれたのは、謙三が軽井沢に来て親しくなった金田一耕助だけである。

その金田一は「年は三十五、六歳だろうか。白がすりのひとえに、よれよれのはかまをはいた、小がらで貧相な顔をした男。髪の毛といったら、スズメの巣のようにもじゃもじゃで、そのスズメの巣のような頭を、なにかというと、かきまわすくせがあり、おまけに少しょうどもり」だと紹介されている。

大迷宮に隠された大金塊を狙う怪獣男爵の野望に対し、金田一探偵、等々力警部、それに滋少年や謙三君が死力を尽くして闘って勝利をおさめるのだが、肝腎の怪獣男爵ははたして死んだのか、それとも生きのびてまた悪事をたくらんでいるのか分らないという結末になっている。

それではこの物語に再生した怪獣男爵が姿を現わすかというと、題名通り金色の魔術師が登場して、少年探偵団やその後楯になっている金田一と、知恵と冒険の闘争をくり拡げることになる。

金色の魔術師はキツネみたいな気味の悪い顔つきに、金ぴかのフロックとシルクハットといういでたちで、堂々と滋たちの学校の門の前に現われ、七人の少年少女を誘拐することを宣言したのだ。もちろん誰も真に受けなかったのは当然だが、間もなく第一の犠牲者が血祭にあげられたのだから、魔術師の自信と実行力が並はずれたものであったことを思い知らされたのである。

犠牲者が出たのは吉祥寺にある幽霊屋敷と呼ばれる、古い煉瓦造りの洋館である。もとの持主の赤星博士がサタン（悪魔）崇拝にこりだして、サタンの礼拝堂として洋館を建て、いろいろな魔法をおこなっていたが、やがて博士は気がへんになって、空家になっていたのだった。そこへひとりではいりこんだ滋の級友が、宙に浮く首を見てとびかかったが、罠にかかってしまったのである。

滋にとっては「大迷宮」事件でおなじみの等々力警部から、こんどの事件の背後にある秘密を聞かされて驚いた。赤星博士のサタン崇拝というのは表向きで、宗教に名を借りて人を集めて、悪事を働いており、博士はその首領だった。しかも博士は有名な宝石狂で、盗んで集めた宝石をいっぱい持っているが、博士が発狂したため、その隠し場所が分らないのだ。ただ博士は東京とその近郊に七つの悪魔の礼拝堂を持っていたから、吉祥寺は多分その中の一つだと思われるが、それ以外の場所が分らないのである。

少年探偵団が誘拐された級友の捜査に出かけて、幽霊屋敷でのぞいたのは金色の魔術師が、級友をバスにつけて溶かす場面だった。しかも警部に見せられた博士の写真が、魔術師にそっくりなのである。ところが発狂した博士は、警察が厳重に監視しているというのだから、これまた奇々怪々であった。

その赤星博士の監視状態を見せられた滋少年が、大時計に隠されていた抜け穴を発見して、警部の度胆(どぎも)を抜くのだが、これでは日頃金田一に協力している警部があまりにもぼんくらに見える。少年物だから滋少年に花をもたせたのであろう。

博士が抜け穴を通って自由自在に出入りしていたことが分って、警備陣の粗末さ加減を暴露(ばくろ)した以上、もう頼りになるのは金田一をおいてはない。ところが肝腎(かんじん)の金田一が、関西で病気療養中で動けないのだ。せめて金田一にこちらで起こった事件を逐一(ちくいち)報告することにしたが、事件のほうは遠慮なく進展して、第二、第三の犠牲者がさらわれてしまう。

金田一は自分は動けないから、代りに黒猫先生に相談相手になってもらえといってきた。一方では魔術師が第三、第四の犠牲者を、サタンの祭壇に捧げることを予告し、事態はいよいよ切迫する。

宙に浮く首、バスで溶けてしまった少年、ものをいう猫、舞台で消える少女など、つぎつぎに驚くべき奇怪事が起こって目まぐるしいほどである。中には黒猫先生があざやかに解いてみせた謎もあるので、少年探偵団のなかには先生こそ金色の魔術師ではないかという疑問が生じたくらいだ。

魔術師は宣言した通り、礼拝の場所をしらせ、警察や世間の人々をあざけり、自分の魔力をひけらかしている。それに対して彼の野望を挫き、その正体をあばこうと必死になっているのが、少年探偵団、警部、黒猫先生、杉浦画伯、俳優椿三郎たちである。

著者が続けざまに提出する謎は、いかにも不可思議であって、まるで怪奇小説でも読んでいるようだが、さすがに謎解き探偵小説の第一人者だけあって、すべてが論理的合理的に説明されるのだ。

この点がSFや怪奇小説との大きな相違であって、あらゆる謎が最後にすっきり解決されるところに、謎解き探偵小説の限りない魅力が存在する。

わが国に探偵小説が輸入されてから九十年以上になるのだが、なかなか謎解きの長編は発達しなかった。戦後に著者をはじめとする有力な作家たちが、探偵小説のおもしろさ、楽しさを改めて味わってもらいたいという意気込みで筆を執った。そして海外にひけをとらない、すぐれた作品がいくつも誕生した。

殊に横溝氏の著作が文庫版だけでも四千万部を突破する売れ行きを示し、驚異的な新記録を樹立したのも、謎解きと怪奇のおもしろさを具えた、比類のない作風だからであろう。

本書は、昭和五十四年六月に小社より刊行した文庫を改版したものです。なお本文中には、きつねつきみたい～きみのわるい、気ちがい、気が変、気がちがった、気がくるって、精神病院、発狂、おどりかた～夢遊病者が散歩してるみたい、びっこ、どもりなど、今日の人権擁護の見地に照らして使うべきではない語句や不適切と思われる表現があります。しかしながら、作品全体として差別を助長する意図はなく、執筆当時の時代背景や社会世相、また著者が故人であることを考慮の上、原文のままとしました。

（編集部）

金色の魔術師

横溝正史

昭和54年 6月25日　初版発行
令和4年 9月25日　改版初版発行

発行者●堀内大示

発行●株式会社KADOKAWA
〒102-8177　東京都千代田区富士見2-13-3
電話　0570-002-301（ナビダイヤル）

角川文庫 23328

印刷所●株式会社暁印刷
製本所●本間製本株式会社

表紙画●和田三造

ISBN 978-4-04-112912-8　C0193

◇◇◇

角川文庫発刊に際して

角　川　源　義

第二次世界大戦の敗北は、軍事力の敗北であった以上に、私たちの若い文化力の敗退であった。私たちの文化が戦争に対して如何に無力であり、単なるあだ花に過ぎなかったかを、私たちは身を以て体験し痛感した。西洋近代文化の摂取にとって、明治以後八十年の歳月は決して短かすぎたとは言えない。にもかかわらず、近代文化の伝統を確立し、自由な批判と柔軟な良識に富む文化層として自らを形成することに私たちは失敗して来た。そしてこれは、各層への文化の普及滲透を任務とする出版人の責任でもあった。

一九四五年以来、私たちは再び振出しに戻り、第一歩から踏み出すことを余儀なくされた。これは大きな不幸ではあるが、反面、これまでの混沌・未熟・歪曲の中にあった我が国の文化に秩序と確たる基礎を齎らすためには絶好の機会でもある。角川書店は、このような祖国の文化的危機にあたり、微力をも顧みず再建の礎石たるべき抱負と決意とをもって出発したが、ここに創立以来の念願を果すべく角川文庫を発刊する。これまで刊行されたあらゆる全集叢書文庫類の長所と短所とを検討し、古今東西の不朽の典籍を、良心的編集のもとに、廉価に、そして書架にふさわしい美本として、多くのひとびとに提供しようとする。しかし私たちは徒らに百科全書的な知識のジレッタントを作ることを目的とせず、あくまで祖国の文化に秩序と再建への道を示し、この文庫を角川書店の栄ある事業として、今後永久に継続発展せしめ、学芸と教養との殿堂として大成せんことを期したい。多くの読書子の愛情ある忠言と支持とによって、この希望と抱負とを完遂せしめられんことを願う。

一九四九年五月三日

角川文庫ベストセラー

八つ墓村
金田一耕助ファイル1
横溝正史

鳥取と岡山の県境の村、かつて戦国の頃、三千両を携えた八人の武士がこの村に落ちのびた。欲に目が眩んだ村人たちは八人を惨殺。以来この村は八つ墓村と呼ばれ、怪異があいついだ……。

本陣殺人事件
金田一耕助ファイル2
横溝正史

一柳家の当主賢蔵の婚礼を終えた深夜、人々は悲鳴と琴の音を聞いた。新床に血まみれの新郎新婦。枕元には、家宝の名琴〝おしどり〟が……。密室トリックに挑み、第一回探偵作家クラブ賞を受賞した名作。

獄門島
金田一耕助ファイル3
横溝正史

瀬戸内海に浮かぶ獄門島。南北朝の時代、海賊が基地としていたこの島に、悪夢のような連続殺人事件が起こった。金田一耕助に託された遺言が及ぼす波紋とは？　芭蕉の俳句が殺人を暗示する⁉

悪魔が来りて笛を吹く
金田一耕助ファイル4
横溝正史

毒殺事件の容疑者椿元子爵が失踪して以来、椿家に次々と惨劇が起こる。自殺他殺を交え七人の命が奪われた。悪魔の吹く嫋々たるフルートの音色を背景に、妖異な雰囲気とサスペンス！

犬神家の一族
金田一耕助ファイル5
横溝正史

信州財界一の巨頭、犬神財閥の創始者犬神佐兵衛は、血で血を洗う葛藤を予期したかのような条件を課した遺言状を残して他界した。血の系譜をめぐるスリルとサスペンスにみちた長編推理。

角川文庫ベストセラー

金田一耕助ファイル6 人面瘡

横溝正史

「わたしは、妹を二度殺しました」。金田一耕助が夜半遭遇した夢遊病の女性が、奇怪な遺書を残して自殺を企てた。妹の呪いによって、彼女の腋の下には人面瘡が現れたというのだが……表題他、四編収録。

金田一耕助ファイル7 夜歩く

横溝正史

古神家の令嬢八千代に舞い込んだ「我、近く汝のもとに赴きて結婚せん」という奇妙な手紙と佝僂の写真は陰惨な殺人事件の発端であった。卓抜なトリックで推理小説の限界に挑んだ力作。

金田一耕助ファイル8 迷路荘の惨劇

横溝正史

複雑怪奇な設計のために迷路荘と呼ばれる豪邸を建てた明治の元勲古館伯爵の孫が何者かに殺された。事件解明に乗り出した金田一耕助。二十年前に起きた因縁の血の惨劇とは？

金田一耕助ファイル9 女王蜂

横溝正史

絶世の美女、源頼朝の後裔と称する大道寺智子が伊豆沖の小島……月琴島から、東京の父のもとにひきとられた十八歳の誕生日以来、男達が次々と殺される！開かずの間の秘密とは……？

金田一耕助ファイル10 幽霊男

横溝正史

湯を真っ赤に染めて死んでいる全裸の女。ブームに乗って大いに繁盛する、いかがわしいヌードクラブの三人の女が次々に惨殺された。それも金田一耕助や等々力警部の眼前で――！

角川文庫ベストセラー

首
金田一耕助ファイル11
横溝正史

滝の途中に突き出た獄門岩にちょこんと載せられた生首。まさに三百年前の事件を真似たかのような凄惨な村人殺害の真相を探る金田一耕助に挑戦するように、また岩の上に生首が……事件の裏の真実とは？

悪魔の手毬唄
金田一耕助ファイル12
横溝正史

岡山と兵庫の県境、四方を山に囲まれた鬼首村。この地に昔から伝わる手毬唄が、次々と奇怪な事件を引き起こす。数え唄の歌詞通りに人が死ぬのだ！　現場に残される不思議な暗号の意味は？

三つ首塔
金田一耕助ファイル13
横溝正史

華やかな還暦祝いの席が三重殺人現場に変わった！宮本音禰に課せられた謎の男との結婚を条件とした遺産相続。そのことが巻き起こす事件の裏には……本格推理とメロドラマの融合を試みた傑作！

七つの仮面
金田一耕助ファイル14
横溝正史

あたしが聖女？　娼婦になり下がり、殺人犯の烙印を押されたこのあたしが。でも聖女と呼ばれるにふさわしい時期もあった。上級生りん子に迫られて結んだ忌わしい関係が一生を狂わせたのだ――。

悪魔の寵児
金田一耕助ファイル15
横溝正史

胸をはだけ乳房をむき出し折り重なって発見された男女。既に女は息たえ白い肌には無気味な死斑が……情死を暗示する奇妙な挨拶状を遺して死んだ美しい人妻。これは不倫の恋の清算なのか？

角川文庫ベストセラー

夜の黒豹　横溝正史

金田一耕助は、思わずぞっとした。ベッドに横たわる女の死体。その乳房の間には不気味な青蜥蜴が描かれていた。そして、事件の鍵を握るホテルのベル・ボーイが重傷をおい、意識不明になってしまう……。

魔女の暦　横溝正史

浅草のレビュー小屋舞台中央で起きた残虐な殺人事件。魔女役が次々と殺される――。不敵な予告をする犯人「魔女の暦」の狙いは？　怪奇な雰囲気に本格推理の醍醐味を盛り込む。

双生児は囁く　横溝正史

「人魚の涙」と呼ばれる真珠の首飾りが、檻の中に入れられデパートで展示されていた。ところがその番をしていた男が殺されてしまう。横溝正史が遺した文庫未収録作品を集めた短編集。

悪魔の降誕祭　横溝正史

金田一耕助の探偵事務所で起きた殺人事件。被害者はその日電話をしてきた依頼人だった。しかも日めくりのカレンダーが何者かにむしられ、12月25日にされていて――。本格ミステリの最高傑作！

殺人鬼　横溝正史

ある夫婦を付けねらっていた奇妙な男がいた。彼の挙動が気になった私は、その夫婦の家を見張った。だが、数日後、その夫婦の夫が何者かに殺されてしまった！　表題作ほか三編を収録した傑作短篇集！

角川文庫ベストセラー

喘ぎ泣く死美人　横溝正史

当時の交友関係をベースにした物語「素敵なステッキの話」。外国を舞台とした怪奇小説の「夜読むべからず」や「喘ぎ泣く死美人」など、ファン待望の文庫未収録作品を一挙掲載！

髑髏検校　横溝正史

江戸時代。豊漁ににぎわう房州白浜で、一頭の鯨の腹からフラスコに入った長い書状が出てきた。これこそ、後に江戸中を恐怖のどん底に陥れた、あの怪事件の前触れであった……横溝初期のあやかし時代小説！

真珠郎　横溝正史

鬼気せまるような美少年「真珠郎」の持つ鋭い刃物がひらめいた！　浅間山麓に謎が霧のように渦巻く。無気味な迫力で描く、怪奇ミステリの金字塔。他１編収録。

蔵の中・鬼火　横溝正史

澱んだようなほこりっぽい空気、窓から差し込む乏しい光、簞笥や長持ちの仄暗い陰。蔵の中でふと私は、古い遠眼鏡で窓から外の世界をのぞいてみた。それが恐ろしい事件に私を引き込むきっかけになろうとは……。

雪割草　横溝正史

出生の秘密のせいで嫁ぐ日の直前に破談になった有爲子は、長野県諏訪から単身上京する。戦時下に探偵小説を書く機会を失った横溝正史が新聞連載を続けた作品がよみがえる。著者唯一の大河家族小説！

角川文庫ベストセラー

不死蝶　横溝正史

23年前、謎の言葉を残し、姿を消した一人の女。殺人事件の容疑者だった彼女は、今、因縁の地に戻ってきた。迷路のように入り組んだ鍾乳洞で続発する殺人事件の謎を追って、金田一耕助の名推理が冴える！

蝶々殺人事件　横溝正史

スキャンダルをまき散らし、プリマドンナとして君臨していたさくらが「蝶々夫人」大阪公演を前に突然、姿を消した。死体は薔薇と砂と共にコントラバス・ケースから発見され――。由利麟太郎シリーズの第一弾！

憑かれた女　横溝正史

自称探偵小説家に伴われ、エマ子は不気味な洋館の中へ入った。暖炉の中には、黒煙をあげてくすぶり続ける一本の腕が……！　名探偵由利先生と敏腕事件記者三津木俊助が、鮮やかな推理を展開する表題作他二篇。

血蝙蝠　横溝正史

肝試しに荒れ果てた屋敷に向かった女性は、かつて人殺しがあった部屋で生乾きの血で描いた蝙蝠の絵を発見する。その後も女性の周囲に現れる蝙蝠のサイン――。名探偵・由利麟太郎が謎を追う、傑作短編集。

花髑髏　横溝正史

名探偵由利先生のもとに突然舞いこんだ差出人不明の手紙、それは恐ろしい殺人事件の予告だった。指定の場所へ急行した彼は、箱の裂目から鮮血を滴らせた黒塗りの大きな長持を目の当たりにするが……。

角川文庫ベストセラー

鯨の哭（な）く海　内田康夫

天河伝説殺人事件　内田康夫

D坂の殺人事件　江戸川乱歩

黒蜥蜴と怪人二十面相　江戸川乱歩

鏡地獄　江戸川乱歩

捕鯨問題の取材で南紀を訪れた浅見光彦。この地でかつて起きた殺人事件と心中事件。2つの事件の関連性を見つけた浅見は、秩父へと向かう。事件現場に見え隠れする青い帽子の女の正体とは——？

能の水上流の舞台で、宗家の孫である和鷹が道成寺を舞っている途中で謎の死を遂げた。妹の秀美は兄の死後、失踪した祖父を追って吉野・天河神社へと向かうが……名探偵・浅見光彦が挑む最大級の難事件。

名探偵・明智小五郎が初登場した記念すべき表題作を始め、推理・探偵小説から選りすぐって収録。自らも数々の推理小説を書き、多くの推理作家の才をも発掘してきた大乱歩の傑作の数々をご堪能あれ。

美貌と大胆なふるまいで暗黒街の女王に君臨する「黒蜥蜴」。ロマノフ王家のダイヤを狙う「怪人二十面相」。乱歩作品の中でも屈指の人気を誇る、名探偵・明智小五郎の二大ライバルの作品が一冊で楽しめる！

少年時代から鏡やレンズに異常な嗜好を持っていた男の末路は……（「鏡地獄」）。表題作のほか、「人間椅子」「芋虫」「パノラマ島奇談」「陰獣」ほか乱歩の怪奇・幻想ものの代表作を選りすぐって収録。

角川文庫ベストセラー

落差 (上)(下) 新装版　松本清張

日本史教科書編纂の分野で名を馳せる島地章吾助教授は、学生時代の友人の妻などに浮気心を働かせていた。教科書出版社の思惑にうまく乗り、島地は自分の欲望のまま人生を謳歌していたのだが……社会派長編。

或る「小倉日記」伝　松本清張

史実に残らない小倉在住時代の森鷗外の足跡を、歳月をかけひたむきに調査する田上とその母の苦難。芥川賞受賞の表題作の他、「父系の指」「菊枕」「笛壺」「石の骨」「断碑」の、代表作計6編を収録。

葦の浮船 新装版　松本清張

某大学の国史科に勤める小関は、出世株である同僚の折戸に比べ風采が上らない。好色な折戸は、小関が親密にする女性にまで歩み寄るが……大学内の派閥争いと2人の男たちの愛憎を描いた、松本清張の野心作！

透明カメレオン　道尾秀介

声だけ素敵なラジオパーソナリティの恭太郎は、バー「if」に集まる仲間たちの話を面白おかしくつくり変え、リスナーに届けていた。大雨の夜、店に迷い込んできた美女の「ある殺害計画」に巻き込まれ――。

スケルトン・キー　道尾秀介

19歳の坂木錠也はある雑誌の追跡潜入調査を手伝っている。危険だが、生まれつき恐怖の感情がない錠也には天職だ。だが児童養護施設の友達が告げた錠也の出生の秘密が、衝動的な殺人の連鎖を引き起こし……。